ESAV
OV
LE CHASSEVR,
EN FORME DE
TRAGEDIE,

Nouuellement representee au College des Bons Enfans de Rouen.

A ROVEN,

DE L'IMPRIMERIE,

De Raphaël du Petit Val, Libraire & Imprimeur du Roy, deuant la grand porte du Palais, à l'Ange Raphaël.

1 6 0 6.

Auec Priuilege de sa Maiesté.

A TRES-HAVT ET TRES-
illustre Prince Monseigneur le ,Duc de
Monpensier.

ONSEIGNEVR,
l'ay pensé que ie ne pouuois
faire chose plus à propos que
de vous offrir ce petit preset,
pour tesmoignage de l'affection, & seruice que ie vous
consacre & dedie, afin de ne chômer seul en
mon deuoir entre tant de gens de bien , qui
sauourans les doux & excellens fruicts de
vos vertus, s'efforcent à l'enuy l'vn de l'autre
de vous en rendre toutes sortes de recognois-
sance : Mancquant de toutes, excepté de la
seule que la Muse nous desploye de son cabi-
net, ie l'employe en vostre endroit. Elle ne
vous sera comme ie croy moins agreable en
ce temps que le Soleil de la Paix auec ses
beaux rayons dissipe les nuees de la guerre,
qu'aucun present d'armes , voire fussent cel-
les d'Achilles forgees en la boutique de Vulcan: car l'vsage d'icelles, graces au bon Dieu,
en est moins necessaire de present, puis qu'au
lieu des furieuses troupes de Mars d'allarmes, d'assauts, de combats, de meurtres, de
frayeurs , de ruines , la paix nous amene sa
paisible compaignic, le repos, la tranquilité,
l'asseurance, la ioye, & vn restablissement de
toutes choses en meilleur estat. Au lieu de la
trompette sanglante de Bellone , nous faisons icy retentir à vos aureilles , la troupe
chasseresse de Diane, & par aduenture non

hors de faifon, & de raifon nous amenons apres tant d'efpouuentables, & fafcheux temps, ces agreables plaifirs & paffe-temps, pour en effacer la memoire, & faire leuer l'apprehenfion qui tient encor les efprits de plufieurs affiegez, & par mefme moyen faire remôter les Mufes au theatre François, d'où l'horreur & l'effroy de Mars les auoit fait defcendre, & prendre party en autre lieu. Vous leur ayderez s'il vous plàift, MON-SEIGNEVR, a les reinftaler. Vn rayon de bonne efperance leur en apparoift fortant de voftre illuftre vertu, comme d'vn beau So-leil, qui monftre fa fplendeur entre toutes les lumieres de ce fiecle.

En tout temps, en tout lieu la vertu rare, dàgne
Prédre pour fó tefmoin l'efcadró des neuf fœurs,
L'homme digne des vers ne blafme, ni defdaigne
De fauourer des vers les emmiellez douceurs.

Ce Chaffeur donc lequel append fa trompe à l'autel de voftre excellence, comme de fa Diane tutelaire, imite le petit Roitelet, qui defireux de voler bien haut pour contempler de plus pres le Soleil, & n'ofant s'aduanturer à fon foible vol, fe iuche fur les aifles de l'ai-gle, qui luy fait la mefme grace & faueur, la-quelle ceftuy cy efpere & attend de vous: Vous ne luy refuferez s'il vous plaift, & vous obligerez de plus en plus les Mufes & leurs nourriffós à vous faire tref-agreable feruice, que vous dedie & vouë auec toute humilité:

Voftre tref humble & tref-obeiffant
feruiteur, I. BEHOVRT.

AVX LECTEVRS.

LE fujeȼt de cefte Tragœdie, que i'appelle ainſi, encor qu'elle ne foit ſanglante,
eft difcouru felõ l'humeur du Principal per-
ſonnage que l'Efcriture fainte nous tefmoi-
gne auoir eſté vn homme expert à la Chaſſe:
les noms des autres font empruntez de l'Efcriture: I'y ay gardé la ſimplicité & facilité,
qui me femble plus feante, euitãt le plus qu'il
m'eft poffible la trop grande affeȼtation , où
plufieurs de ce temps fe plaifans trop cor-
rompent toute la naïfueté de noftre langue.

PERSONNAGES.

Le Maiftre d'hoftel d'Abraham.
Rebecca, femme d'Ifaac.
Phaleg, compaignon d'Efaü.
Le Maiftre Veneur.
Efaü, fils d'Ifaac.
Elimas, compaignon d'Efaü.
Le Guyde.
Elon, beau pere d'Efaü.
Iacob, fils d'Ifaac.
Nachor, compaignon de Iacob.
Iudith, compaigne de Rebecca.
Ifaac.
Chœurs.

SONNET.

Tous les maux cy deuant auoyent brisé d'enfer
  Les murs diamantins, & auec toute outrance
  S'estoyent venus ietter dessus la pauure France,
  Cuidans elle & les siens tristement estoufer:

La Paix benigne oppose à l'horreur de leur fer
  Son paisible repos, & tranquille asseurance,
  Donnant aux bons François vne bonne esperãce
  Qu'encor plus que iamais ils viẽdront triompher.

Ils viendront triompher, dit-elle en heur & ioye,
  Il faut que desormais en allegresse ioye
  La France allegrement bruire és villes & chãps.

Maintenant donc au lieu des horribles tempestes
  Dẽs foudroyãs canõs, des fiers sons des trõpettes,
  Venez ouyr & voir plus gays & plus doux
    chants.

ESAV
OV
LE CHASSEVR,
EN FORME DE
TRAGEDIE.

Nouuellement representee au College
des Bons Enfans de Rouen,

PREMIER ACTE.

Le Maiſtre d'Hoſtel d'Abraham.

Eureux deux & trois fois celuy
que l'Eternel
En ce monde cherit d'vn ſouci
paternel,
Qui luy eſtend la dextre & fa-
uorable guide
Sans peril au trauers de tous perils le guide,
Comme ſon Abraham qu'il faſt ſortir de l'Vr
Du Chaldee idolaſtre, & loin de tout malheur,
Ie mene en loin pays où veillant pour ſa garde,
Contre tous ennemis en tout temps il le garde.

A iiij

Rebecca.

I'ay tousiours desiré d'ouyr parler au vray,
Comme Abraham fidélle a esté deliuré
Des assauts, & aguets de la gent idolastre,
De la gent, qui s'estãt fait des faux dieux d'albastre,
De marbre Assyrien, d'or, d'argent & d'airain,
Vouloit le destourner de son Dieu souuerain:
Comme estant deliuré des premieres alarmes,
Il falloit aussi tost qu'il eust recours aux armes,
Print l'escu de constance, & sans rien s'esbranler,
Fit teste à l'ennemy qui vouloit escheler
Son fort mieux remparé de sainte obeissance:
Vous en auez, amy l'entiere cognoissance:
L'ayant en toutes parts assisté & suyui,
Et auecque loüange honnestement serui,
Ie vous prie en cela de me rendre contente,
Il y a ià long temps que i'en suis en attente.

Le M. d'Hostel.

Madame il n'y a rien dont i'aye plus desir,
Que d'obeyr tousiours à vostre bon plaisir,
Mais il semblera long d'ouyr tout l'heur prospere
Et les faits merueilleux d'Abraham le bon pere.
Les palais des grands Rois, comme les petits toits.
A son fameux renom viennent s'ouurir courtois.
Le Monarque d'Egypte au temps que la famine,
Le peuple souffreteux implacable extermine
Le reçoit affligé dans sa grande Memphis,
Où benin il le traicte, ainsi qu'vn de ses fils,
Et vne amitié ferme à iamais il luy iure:
En vn poinct seulement faire il luy semble iniure
Quand espris de l'amour de la belle Sara

Pour amie au serrail d'Egypte il l'enserra:
Il eust enfraint les loix du sacré Hymenee
Non pas à son escient, car il l'auoit menee
Comme sœur auec luy, & sœur il l'appeloit,
Et de peur des dangers son nom dissimuloit:
Mais Dieu son protecteur empesche qu'à sa femme,
Il n'vse, ni de fait, ni de parole infame:
Il la luy rend entiere, & luy requiert pardon,
Luy faisant au partir maint honorable don:
Delà mignon des Cieux de beaucoup il deuance
Les plus riches pasteurs en richesse, & cheuance:
De nuict son grãd troupeau s'heberge dãs les parcs,
Et de iour va paissant en mille lieux espars:
Le champ large-estendu esuenté de Zephyre,
Et cultiué de Flore à peine peut suffire,
A luy fournir de l'herbe, il se fait renommer
Innombrable non moins que le sable en-la mer:
Quoy qu'il ne soit biẽ duit au dur mestier des armes,
Toutefois les assauts, & les chaudes alarmes
Ne font iamais trembler son magnanime cœur:
Quãd le prince Elamite eust d'vn glaiue vainqueur
Mis en route cinq Rois, & puni son rebelle,
Il le suit, il l'attaint, son grand Ost il debelle
Auec bien peu de gens, & son glaiue guerrier
Luy couronne le chef d'vn verdoyant laurier.
Il resçout son parent auec sa dextre braue,
Que l'ennemi trainoit enchainé son esclaue,
Il resçout le butin, & en donne au grand, Dieu,
Qui l'auoit assisté, la dixme en premier lieu:
Il ne luy reuient rien d'vne si grand victoire,
Que benediction, que loüange, & que gloire,
Qu'au nom des deliurez, le sacrificateur
Luy vient ioyeux donner, comme au conseruateur:
Il ne se trouue point aucun mortel en terre,

A v

Auquel plus à foison le Roy du ciel deſſerre
De grace, de faueur, de benediction:
Car nul deſſein, ſecret, deliberation,
Qu'il prenne en ſon conſeil ne luy eſt recelee:
L'enormité du mal eſtant au ciel volee,
En la ſange duquel, contre le ſacré droit
De l'humaine nature ordement ſe veautroit
Le peuple Sodomite, il fut repute digne
De ſçauoir ce que Dieu meditoit plus indigne
A punir les meſchans: il le prie pour eux,
Eſſayant amollir ſon courroux rigoureux,
Et il l'euſt amolly, ſi ſeulement dix ames
Euſſent peu s'y trouuer nettes des faits infames,
Qui fierent des hauts cieux plouuoir horriblement
Le ſoufre expiateur, & le feu conſumant.   (re,
Que ſert d'auoir vn poupe vn grain de vent proſpè-
Si laiſſer à ſon ſang ſes moyens on n'eſpere,
Si on trauaille en vain pour vn ſerf eſtranger:
Dieu vouluſt ceſt ennuy quelque temps meſlanger
Auecques les plaiſirs de ce Pere fidelle,
il cherit bien Sarra, mais il ne tire d'elle
De pere le doux nom, & moins encor l'effect:
Mais en fin en cela Dieu le rend ſatisfaict
Comme en tout autre bien: Car ô grande merueille,
En l'hyuer de ſes ans ſa vigueur ſe reſueille,
Sarra deuient fertile, & luy donne vn enfant,
Que Dieu luy promet faire en honneur triomphant,
Et eſlançant ſur luy les rays de ſa clemence,
Eſgaler aux clairs feux du haut ciel ſa ſemence,
Il rend graces à Dieu, & d'vn eſprit humain,
Il prend en gré les dons qui viennent de ſa main,
Il ne murmure encontre, ains ſi toſt que l'Aurore
De ſon ſaffran doré tout l'vniuers colore,
Ou que le clair Veſper preſſe de ſon bel œil

Les cheuaux enflammez, du rougiſſant Soleil,
Deuotement au los de Dieu s'ouure ſa bouche,
Deuotement ſa bouche au los de Dieu ſe bouche.

Rebecca.

Ce diſcours me rauit pourſuy donc mon amy,
Et ne le laiſſe pas imparfait & demy:
Rien n'apporte à mõ cœur tãt d'aiſe & tant de ioye,
Il faut que de ſon fils l'hiſtoire entiere i'oye.

Le Me. d'Hoſtel.

Comme vn Prince aduiſé qui craint la trahiſon
Remarque diligent tous ceux de ſa maiſon:
Entre autre en voyant quelqu'vn de plus grand zele
Plus affectionné, plus ardant plus fidelle,
Deuant tous il luy fait plus de bien, & faueur:
Et pour cognoiſtre mieux ſi ce zele & feruecur
N'a mis ſon fondemẽt ſur le mobile ſable
D'vne heureuſe fortune à l'inſtant periſſable
Qu'vn bourraſque de mal taſchant la ruyner,
D'effort impetueux vien encontre donner,
L'enuoye à vne charge, où il va de la vie,
Et encor de l'honneur: luy qui n'a point enuie
Qu'on luy reproche rien qui ſoit de ſon deuoir,
Sans reculer y met tout effort & pouuoir:
Ainſi le grãd Monarque à Abraham vient faire.
Luy faiſant entreprendre vne effroyable affaire,
Helas c'eſt ſon Iſac fils vniqſe immoler,
Et les loix de nature impiteux violer,
Ie fremis en mon cœur chaque fois que l'hiſtoire
S'en vient repreſenter aux yeux de ma memoire,
Vn rocher de conſtance, Abraham tu auois,
En vn acier de cœur pour ſouſtenir ſa voix,
Qui les pauures bergers toute-puiſſante e nſceptre,

Et les grands Empereurs effroyable defceptre,
Auffi toft qu'elle tonne, & a moins d'vn clin d'œil
Baftit, deftruit, efleue, abaiffe, aux vns fait dueil
Et aux autres plaifir, ainfi qu'elle manie
En rigueur, ou douceur l'humaine compagnie:
Il fent en fon efprit, maintes efmotions,
Qui luy donnent l'allarme, & maintes paffions,
Qui deçà, qui delà contraires le tiraffent;
Le mettent hors de foy, le preffent, le haraffent:
Comme on voit quelquefois deux dogues animèz,
Enuahir vn grand Ours, qui les yeux enflammez,
Et le courage ardant à leur effort s'oppofe,
Sans prendre aucun repos, fans faire aucune pofe,
Or fe iettent deçà, or fe iettent delà,
Pour luy donner attainte, & mainte affaire il a
A fe deffendre d'eux : ore l'vn il renuerfe
Par terre auec la patte: ore à l'autre il trauerfe
Le flanc auec la dent, fi que fans plus d'ennuy
Ils font en fin contrains de s'efloigner de luy.
Ie luy fuis entre tous vn tefmoin oculaire,
Quels effrois, quels ennuis il fouffre pour complaire,
Au vouloir du grand Dieu, qui s'eft empieté
Du rampart de fon cœur, & veut la pieté,
Et l'amour paternel en chaffer loin arriere:
J'apprehende d'entrer en la longue carriere
De ce trifte difcours, & fes griefues douleurs
Font ialir de mes yeux deux fontaines de pleurs.

Rebecca.

Helas, comme ie croy, Sarra la bonne mere,
Ce voyant & oyant fentoit douleur amere,
Comme ie fentirois au profond de mon cœur,
S'il falloit faire vn fait plein de fi grand rigueur.

Le M. d'Hostel.

Abraham bon mary, son tendre cœur n'attriste
Par le recit d'vn fait si piteux & si triste,
Il le cache secret au creux de ses esprits
Lesquels estans d'angoisse estrangement espris,
Helas s'exclame t'il, helas, quelle manie
Que mon bras impiteux le cruel fer manie,
Non point a transpercer le flanc des ennemis,
Mais a le taindre au sang de celuy que i'ay mis
En la belle lumiere? auray-ie l'asseurance
D'abatre mon appuy, de sapper l'esperance
Qui console mon ame en mes cuisans ennuis?
Sans lequel les clairs iours me seroyet noires nuicts,
La terre m'engloutisse, auant que i'aye enuie
De retrencher ainsi la vie de ma vie,
Et surpassant le Scythe, & le Gete en rigueur,
De vouloir estoufer le doux cœur de mon cœur:
D'vn pied precipité ie tombe dans la fosse
Des lions enragez, premier las que ie fausse
Le droit de la nature, & que pere inhumain
Ie perpetre vn tel coup d'vne bourrelle main.
I'eusse esté trop heureux si la funeste lame
Eust enserré ce corps, ce corps premier que l'ame
Attaquee eust esté de si grandes fureurs,
De si cruels tourmens, & horribles terreurs.
Ie ne veux, ie ne puis, ô hauts Cieux, ie vous iure
Faire au sang de mon sang vne si grand iniure?
Mais las ie bas en vain les airs de ces discours!
Et la terre, & les cieux me refusent secours!
Vn innombrable nombre, vne cruelle bande
D'ennemis coniurez, encontre moy se bande!
Mon sang vient m'attaquer auec vn grand effort,
Et le commandement de Dieu me presse fort

De le mettre a effet? ma pauure ame estonnee
Ne sçait auquel des deux plus affectionnee
Elle doiue se ioindre? afin de n'encourir
Ni le courroux de Dieu, ni me faire mourir .
En la mort de mon fils ? hé faut-il qu'on m'appelle
Parricide meschant ou homme à Dieu rebelle?
Homme rebelle à Dieu ie ne seray iamais!
Donc amour paternel prens party desormais
Ne t'oppose à mon Dieu, ains, sa volonté sainte
Soit premiere en mon cœur que toute chose emprain-
On ne pleure pas tant au carnage, & au sac   (te
D'vne ville, qu'on fait chez Abram, lors qu'Isac
S'en va au sacrifice : en fin il prend courage,
Resolu d'acheuer ce lamentable ouurage,
Et il l'eust acheué, si la voix des hauts cieux
N'eust tout court retenu le coup pernicieux,
S'escriant Abrahram c'est assez, fait, demeure,
Il n'est pas encor temps que ton cher Isac meure,
C'est assez : n'ayant mis rebelle à nonchaloir
Mon exprez mandement, ton loüable vouloir
Me sera pour l'effect. Estant Isac deliure
De l'horreur de la mort, Abram poursuit de viure
En heur, & en repos s'efforcant d'enseigner
Son aymé nourrisson a ne point forligner :
C'est son plus grand soucy, le voyant de meur âge,
De le faire conioindre en heureux mariage
Auec ceux de son rang & de ne meslanger
Son sang auec le sang du Caldee estranger :
Il m'en donne la charge, & prompt ie l'execute :
Pour vn bien bien-heureux ie me vante & repute
Que ie luy ay trouué femme si a propos
Bonne, opulente, belle, aimant le doux repos,
Comme vous, ô Madame, & dont Isac est pere
De deux tresbeaux enfans dont tout bien on espere.

Rebecca.

Cela d'vn seulement ie vous veux accorder,
Non de l'autre qu'on voit au mal se desborder:
Iacob est vn agneau qui tout simple paist l'herbe,
Esau vn lion arrogant & superbe,
Qui nous fait mille ennemis: on ne peut pas aimer
L'enfant qui de courroux vient nostre ame enflâmer
Mais pour sa chasse Isac le caresse, & le prise
Entant que volontiers il a part à sa prise.

I. Chœur.

LE vaisseau va tousiours gardant
    Dedans sa terre spongieuse
    L'odeur soit douce, ou gracieuse
    Qu'on y va premiere espandant:
La blanche laine se fardant:
    De la couleur plus precieuse
    D'vne escarlate ambitieuse
    En nul temps ne la va perdant.
Et quoy qu'vn artizan addextre
    Laue le vaisseau de sa dextre,
    Le goust ne s'en peut tout oster:
La couleur aussi bien emprainte
    Dedans la laine rouge tainte,
    Ne peut iamais s'en transporter.

L'enfant retient en sa poictrine
    Les bonnes ou mauuaises mœurs,
    Comme naturelles humeurs,
    De cil premier qui l'endoctrine:
Si auant il les enracine,
    Que la main des scauans docteurs,

Et des subtils predicateurs
  A grand peine les desracine.
Des peres seuls est ce defaut.
  Qui n'en ont pas le soin qu'il faut
  Comme auoit Abraham fidelle:
Il ne laiße Isac cheminer
  De peur de se contaminer,
  Par le sentier de l'infidelle.

ACTE SECOND.

Esaü.

Il n'importe pas peu sous l'aspect de quel astre
L'homme en terre est produit: delà l'heur ou desastre
Sans doute reüßit, les diuerses humeurs,
Les inclinations, les estudes, les mœurs:
Vn homme expert en tire vn non douteux presage,
De la vigueur du corps, des beautez du visage,
De la longueur des ans, & du temps qu'Atropos
Se reserue à nous mettre en l'Eternel repos:
Tous lieux mesmes en terre en puisent leur fortune
Comme d'vne fontaine, ou douce, ou importune,
Ie ne croiray iamais que pour simple ornement,
Rayonnent tant de feux au luisant firmament,
Qu'au Ciel postent en vain tant de bendes isnelles,
Et que sans nul effect soyent leurs claires prunelles:
Si on voit en tous lieux vn million de fleurs,
Que la terre produit de diuerses couleurs,
Auoir quelque vertu, & mesme chasque pierre,
Chasque metal encor qu'en son sein elle enserre
Auoir quelque puissance, & que tant de flambeaux
Qui sont infiniment, & plus grands & plus beaux
Que tout ce qu'à la terre, & le flottant Neree

Se voyent inutils en la vouſte æthereé:
Qui ne le penſe point abuſé il deſment
Des ſens non abuſez l'eſpreuue & iugement.

Le Maiſtre Veneur.

Vous dites verité, mon Seigneur, ce me ſemble,
Chacun ſouuent en mœurs, & en humeurs reſſemble
A l'aſtre ſous lequel il entre en ce beau iour:
Quand ie naſquis ie croy Phœbus faiſoit ſeiour
A la coupe à plain fonds, ie m'y delecte a boire
Et n'ay iamais ſi beu que ie n'aime a reboire.

Phaleg, amy d'Eſaü

C'eſt le fait d'vn Veneur, mais ne te mocque icy,
Car les aſtres fataux nous gouuernent ainſi.
La prudence diuine a mis le Capricorne
Menaçant de la queuë, & de l'horrible corne
Garde aux portes du Ciel, il fait l'an commencer,
Et au luiſant Phœbus ſon chemin retracer:
Il preſage aux mortels qu'il regarde vne pointe,
Vne viuacité d'entendement coniointe
Auecques la prudence, il annonce douleurs,
Il annonce trauaux, & malheurs ſur malheurs:
Le Verſeau qui le ſuit auec ſa cruche pleine,
Qu'il eſpard çà & là dans la celeſte pleine
Cognoiſſance des Arts à celuy là promet,
Qui deſſous ſes clairs feux le pied au monde met,
Dont aidé & cheri de ſi douce inſtance,
Ils s'acquiert fortuné vne grand' affluence
De tous biens deſirez, & des grands la faueur:
Eſtant encor eſpris d'vne ſainte ferueur,
Se conſacre a Dieu, & n'aime que le temple.
Celuy que les Poiſſons naiſſant naiſtre contemple
Vers l'Aurore pourpree, ira loin voyager

Sera ingenieux, ardant à se venger,
En alliance heureux, Mais Venus le menace
De le faire tomber en l'amoureuse nasse,
Et si Saturne froid le laisser à l'abandon,
Son espouse sera butin de Cupidon,
Ceux que le Belier d'or regarde en leur naissance
Paruiennent en honneur & royale puissance,
Sont d'vne humeur gentile, & d'vn cœur esleué,
Qui ne peut endurer de se voir esclaué:
Mais inconstans en mœurs, & en la fleur de l'age:
Convoiteux, remuans, & d'vn esprit volage:
Ceux que voit le Taureau en ce monde aborder,
Se plaisent curieux les parterres border
De printanieres fleurs, & d'vn ardant courage
Enrichir leur maison d'vn iuste labourage.
La fortune contre-eux se mutinera fort
A leurs premiers desseins mais enfin son effort
Viendra s'eslangourer, & au lieu de disgrace,
Leur viendra redonner sa faueur, & sa grace:
Des le commencement de nos ans les Gemeaux
Annoncent importuns des peines, & des maux,
Que nous surmonterons par longue patience:
Aussi en recompense ils donneront science,
Et faueurs vers les grands, afin qu'en tout bon-heur
Nous nous voyons comblez de moyens, & d'honneur
Si sur quelqu'vn ses bras auance l'Escreuisse,
Il ne faut point douter qu'elle ne l'assouuisse
D'abondance de biens, & qu'en ses larges champs
Tant Baccus que Ceres leurs faueurs espanchans,
Ne le tiennent ioyeux: toutesfois par enuie
Ou par haine il viendra mettre fin à sa vie:
Celuy dont la naissance aura veu le Lyon
Estinceler au Ciel grand entre vn milion
Fera bruire son los des regnes de Boree.

Iufqu'aux fables ardans de l'Afrique alteree,
Cherchera les combats, & comme vn lyon roux,
S'enflammera cruel d'vn furieux courroux,
Sera d'efprit pofé, & fera refiftance
D'vn courage inuinfible à la folle inconftance.
La Vierge nous menace au printemps de nos ans
De grands trauaux de corps, & de foucis cuifans,
Qu'elle viendra tourner par apres en lieffe,
Alors que noftre chef blanchira de vieilleffe,
L'Amour de pieté elle engraue aux efprits,
Et le defir des arts, & fciences de prix.
Si toft que fur quelqu'vn s'auance la Balance
L'amour de l'équité fur fon cœur ellè eflance
Il ne mefprife Dieu, ny le chemin du droit
Pour biens & pour honneur quitter il ne voudroit,
Les debats toutefois luy font maintes alarmes,
Mais encontre oppofant de conftance les armes,
Il demeure vainqueur. Le trifte Scorpion
Pouffe aux eftours de Mars le guerrier champion,
Plaift de frande fon cœur fans refpeĉt d'aucun âge,
Pour butiner l'anime au meurtre & au carnage,
Le Centaure chenu non fans peu de danger
Incline les mortels çà & là voyager
Tant par mer que par terre, & par mainte exercice
Veut que le tendre corps au trauail s'endurciffe
Amener chariots par les monts, & les vaux,
A ranger fous le frein les indomptez cheuaux,
A eflancer le dard, & d'vne dure fleche
Faire au corps de la befte vne mortelle breche,
Chaffer dedans les bois & les vagues deferts
Auec l'aidè des chiens les Sangliers, & les Cerfs.

Le Veneur.

Ie croy dõc que c'eft l'aftre auquel voftre naiffance

Vous deuez, entre tous, il estend sa puissance,
Et ses effets sur vous, il vous donne ces mœurs,
Et vous compose ainsi de toutes les humeurs,
Qu'aux durs Chasseurs on voit : car des vostre âge
     tendre
On vous a tousiours veu à la Chasse pretendre,
Prenant plaisir aux chiens, a leurs cris & abbois
A les mener aux monts, aux deserts, & aux bois,
Vostre iouet est l'arc, la sagette pointue,
L'espieu bien aceré, dont la beste abbatue,
Espreuue de vos bras gist à l'enuers souuent,
Et vos prompts pieds portez dessus l'aisle du vent,
Surpassent le daim viste, & le lieure à la course,
Ie vous ay veu encor bras a bras contre l'ourse,
Mais ce n'est là que ieu, car si en quelque part,
Se descouure vn lion, ou vn fier leopard.
Vous y courez sans peur, d'vn coup de cime-terre:
Vous leur tranchez le col & les iettez par terre:
Vous ne recherchez point banquets delicieux,
Toicts ombreux, & licts mols, vos rideaux sont les
    Cieux,
Vostre cheuet le roc, & l'herbe vostre plume,
Et vostre bouche sobre à tous mets s'accoustume:
Maintefois emporté de ce gentil plaisir
De manger, & de boire il ne vous prend desir,
Ie me suis estonné mille fois en moy-mesme,
Comme vous endurez ceste fatigue extreme.

Esaü.

I'y suis accoustumé: c'est là le passe-temps
Qui maintient mes esprits plus gaillards & côtens,
Ce sons là mes plaisirs, ce sont là mes delices,
Mes superbes tournois, mes magnifiques lices:
Mais, prouide Veneur, t'es tu bien deschargé,

De ce que ie t'auois hier au soir enchargé?

Le Veneur.

N'en doutez nullement : mon ame n'est retiue,
Ni mon pied paresseux, ni ma dextre tardiue,
A vos commandemens : vn loyal seruiteur
Du vouloir de son maistre est prompt executeur.

Esaü

Quelle beste auiourd'huy as tu donc descouuerte?
Vn sanglier au dur poil, vn cerf a teste ouuerte:
Ie quitte volontiers à quelqu'vn plus mignard
Le cheureul & le daim, le lieure, & le regnard,
Ce ne sont animaux où ie dresse ma chasse,
Mais aux plus genereux, plus genereux ie chasse.

Le Veneur.

Vn vieil Cerf de dix cors, comme i'ay remarqué
Au frayer que bien haut en l'arbre il a marqué:
Des hier au soir premier que le somme paisible
Commença dans mes yeux a glisser inuisible:
Ie sortis hors pour voir, par quel lieu à bon vent
Ie viendrois l'endemain, par ce defaut souuent
Maints ont perdu leurs pas, leur trauail, & leur
        peine:
Rien ne me fasche tant que quand en vain ie peine:
Ie ne l'espere pas ou mon art me deçoit,
Ou il faut que mon sens esgaré du tout soit.
Bien deux heures deuant que l'Aurore pourpree
Quittast du vieil Tithon la couche diapree,
Ie saute de mon lict d'vn pied non paresseux,
I'essuye promptement mes yeux encor crasseux:
Et n'ayant le loisir de l'appetit attendre,
Ie bois le coup de vin & resserre vn pain tendre
Dedans ma gibbeciere : on esprouue ce soin

Tresbon contre la faim à l'extreme besoin,
Et le creux de ma main ie remplis de vinaigre,
Pour frotter les naseaux de mon limier allegre
Et les luy desboucher, pour sans empeschement
Auoir du frais du cerf plus soudain sentiment:
Ce qu'on dit à vn autre vn traistre & laid presage
Comme i'ay remarqué par vn bien long vsage
De nostre venerie, est vn augure beau,
De rencontrer vn loup, vn regnard, vn corbeau,
Comme i'ay rencontré, donc espris de grand ioye
Ie sautelle en mon cœur, comme si ià la proye
Estoit entre nos mains, puis l'esgail abbatu,
Et le sentier des pas appertement battu
La foulee encor fraische, & la terre enleuee
Nouuellement du pied, rendent bien approuuee
La demeure du cerf.

Esaü.

Encore n'est ce assez,
Maints se sont vainement par ces marques lassez,
Sans rencontrer la beste, il faut auoir vn signe,
Plus manifeste encor, plus certain, plus insigne.

Le Veneur.

Aussi n'ay-ie voulu du tout m'y arrester,
Ni dans ces laqs trompeurs sottement m'enrester,
Ie prens garde au limier qui caquette, & ie tasch
De le tenir de court auecques son attache,
Et pour ne douter de rien ie le baille au garcon,
Qui le va resserrer en l'espais d'vn buisson
Craignant la descouuerte, où sans bruit il le garde,
Lors ie monte en vn arbre, & le cerf ie regarde
Retourner bellement du gaignage en son fort:
Ie le descouure là sans peine & sans effort,

Ie contemple son chef, la longueur de sa corne,
Son pied, sa longue iambe, afin que sans escorne,
I'en face mon rapport, & n'estant descouuert
I'attens qu'il se rembuche en son fort à couuert,
Ie remarque de pres le lieu par ou il entre,
Pour mieux le retrouuer au besoin en son centre:
A lors ie me retire & bien vne heure apres
Ie reprens ma brisee, attendant tout expres
S'il feroit à l'orce, ou ressuy, ou sortie:

  Ie regarde, i'escoute, & n'ay en moy partie,
Qui ne face le guet, les aureilles, les yeux,
Les diligentes mains, les pieds non ocyeux,
Et tandis qu'attentif de tous costez i'espie
I'oy caquetter bien fort maint guay, & mainte pie,
Qui me fait presumer que le cerf est debout,
Sans plus outre auancer, ie me cache en vn bout
Du taillis plus-espais, où tout quoy ie demeure,
Tant qu'il se soit remis en fin en sa demeure,
Lors ie fay mon enceinte, & l'ayant destourné,
Ie m'en suis promptement deuers vous retourné
Pour vous en aduertir, i'ay leué la fumee
Afin que ma parole icy fust estimee
Plus vraye, & plus certaine.

Esaü.

  Il ne manque donc rien,
Sus qu'vn chacun s'appreste & amene son chien,
Nostre chasse auiourd'huy sera belle & plaisante.

Le Veneur.

  Il ne faut oublier contre l'ardeur cuisante
Faire prouision de bons flaccons de vin,
C'est encontre la soif vn remede diuin

II. Chœur.

Heureux celuy qui loin d'ambition
 Qui loin du trouble, & effroy de la guerre,
 Qui loin du bruit & esclatant tonnerre
 Du plaidoyé, sentier d'affliction:
Qui loin de peine & perturbation,
 Qui les esprits des citoyens enferre,
 Aupres des bois pour chasser se resserre,
 Où gist son bien, & delectation.
Si sa maison n'est de marbre pauee,
 Ni de porphyre, ains de pierre leuee,
 Ou entaillee en vn roc sourcilleux:
Il s'y maintient toutefois à son aise,
 Sans ressentir l'ennuy, & le malaise,
 Qui se retrouue aux chasteaux orgueilleux.

C'est en la Chasse où plus il se delecte,
 Qui rend le corps plus robuste & plus fort,
 Qui requiert plus de trauail & d'effort,
 Qui ne demande vne dextre douillette:
C'est vn plaisir qui fait laisser seulette
 L'espouse au lict, pour rechercher le bord
 D'vn creux fossé, ou la bauge ou le fort
 Du cerf, au lieu d'vne plume molette.
C'est vn plaisir qui ne fait point de mal,
 Chasser, tuer maint cruel animal,
 Qui les humains cruellement deuore.
C'est vn plaisir qui le ieune aguerrit,
 Que le guerrier hors de guerre cherit,
 Et va chercher au leuer de l'Aurore.

C'est vn plaisir où se plaist la grandeur
 Des braues Rois, pour lequel elle laisse

Ses hauts palais, pour voir mener en lesse,
  Pour voir courir les chiens de grand'roideur.
De ce plaisir si plaisante est l'ardeur,
  Qu'elle l'emporte en la forest espesse,
  Pour y cueillir & fleurer maint' espece,
  Au lieu de Musc, de fleurs de souefueodeur.
Au lieu des vins les ondes doux-succrees,
  Qu'on voit couler des fontaines sacrees,
  Sans nul soupçon vont sa soif estanchant:
Et le gros pain est la douce ambrosie,
  Dont ayant faim elle se rassasie,
  Et ne va point d'autres mets recherchant.

Sus donc amis guidez d'vn bon genie,
  Quittons les bourgs, & les grandes citez,
  Que nous voyons de tant d'aduersitez,
  Et de malheurs sentir la tyrannie.
Allons au bois chasser de compaignie,
  Monstrons aux cerfs, aux sangliers irritez
  Les bras vaillans & les dexteritez,
  Dont vn chacun le fer trenchant manie.
Puis qu'ô grand Dieu, maintenant tu nous pais
  Abondamment de la manne de Paix,
  Chassant bien loin les horreurs de la guerre:
Il ne faut plus seiourner és maisons,
  Ni casaniers demeurer aux tisons,
  Mais par les bois aller chasser grand' erre.

ACTE TROISIESME.

Elimas, compaignon d'Esaü.

Le fils aisné d'Isac grand Chasseur ce iour chasse
Vn cerf qu'à descouuert le maistre de sa chasse,

I'ay la charge entre tous de poser sans delay,
Pour le prendre plustost çà delà maint relay:
Le Cerf aux vistes pieds ayant pris sa carriere,
Laisse les prompts limiers balançans loin derriere:
Mais on le voit à coup se pensant deschargé
D'vne meute de chiens, d'vne autre surchargé,
Qui frais, & relayez, luy donnent bien affaire:
Si dauanture encor d'eux il se peut deffaire,
Le troisiéme picqueur auançant à grand pas
Auec autre relay, ne l'abandonne pas,
Quoy qu'il vole & bondisse, & fuisse grand erre,
Qu'il ne l'aye à l'enuers estendu mort par terre:
Ie ne suis toutefois aucunement d'aduis,
Qu'on delasche les chiens, si on n'est vis à vis
De la meute chassante & qu'estant ià lassee,
Elle ne soit du cerf bien loin outrepassee:
Ie n'approuue vne chasse, où ne sont longs trauaux,
Ains auecques picqueurs & force de cheuaux,
On fait rendre le cerf il faut que l'on s'efforce,
Pour en auoir plaisir de le forcer à force,
Et vistesse de chiens: Cela est bien plus cher,
Plus beau & precieux, qui nous couste au chercher,
Plus de peine & trauail. Mais où est nostre guide,
Qui sãs nous fouruoyer droit aux relais nous guide?

Le Guide.

Me voila: vous pouuez sur moy vous asseurer,
Ie vous y guideray, droit, sans vous esgarer:
Mais le iour est bien long: c'est pourquoy ie conseille
De faire garnison d'vne bonne bouteille,
Et deuant que partir de si bien desieuner,
Qu'aisement nous puissions nous passer de disner.

Elimas

Tous ces braues chasseurs ainsi comme ie pense,
N'ont point d'autre penser qu'a bien penser leur pãse

Cela n'est pas seant à l'homme genereux.

Le Guide.

Mais souuent ce defaut rend l'homme langoureux
Et moins propre a porter le trauail de la chasse:
Ie suis de ceste humeur, que tousiours, ie pourchasse,
Le remede deuant qu'arriué soit le mal,
Et qui fait autrement est vn lourd animal.
Qui ne preuoit à rien. Si Noé patriarche
Eust tardif attendu a construire son arche,
Que Dieu en son courroux eust enflé les ruisseaux,
Pour noyer les humains és abismes des eaux
Il eust esté conuert par le deluge immonde,
Et tout le genre humain retrenché de ce monde
Auec luy fust fini: Mais sage ruminant
Les parolles de Dieu, du deluge eminent
Auec l'arche il s'esuade: & si vn Capitaine
N'apprehendoit de Mars la fortune incertaine,
Ains trop à son pouuoir & force se fiant
Ses ramparts & ses murs n'alloit fortifiant,
Tant qu'il vit l'ennemy campé deuant sa ville
Pour la forcer & prendre, il seroit proye vile,
Et il rassasiroit son horrible fureur
Du carnage des siens, qui seroit grand' erreur:
Les bestes sans raison enseignent à ce faire:
La petite formis craignant d'auoir affaire
Durant l'hyuer de viure, au temps de la moisson
Fait ses amas de blé: le poignant herisson
Fait ses amas de fruits durant l'humide Automne,
Desquels il rassasie au froid sa faim gloutonne:
Mon maistre donc ie croy, que vous n'irez niant,
Qu'il est bon de preuoir à l'inconuenient.

Elimas.

Tu as bonne raison va t'en donc tost repaistre,

Le Guide.

Ie m'y en vay auſſi : c'eſt le lieu mon bon maiſtre,
C'eſt le lieu où ie prens plus d'aiſe & de plaiſir,
Et où ie fais retraite auec plus grand deſir.

Elimas.

Ne tarde trop lõg tẽps, car qui trop lõg tẽps tarde,
Monſtre qu'il a vne ame abbatue & feſtarde:
Ie t'attẽdray icy. Parlãt ſeul. Iamais vn Eſpreuier
Ne ſe fait d'vn Butor, on a beau conuier
A l'honneur & au los vne race plebee,
Auſſi toſt ſous le vice on la voit recourbee,
Qu'on luy oſte l'appuy de la belle vertu:
Eſt-ce pas tout ainſi qu'on voit l'arbre tortu,
Se dreſſer cependant que ſon appuy luy dure?
Et luy eſtant oſté reprendre ſa nature.
La Cigongne nourrit ſes petits de ſerpens,
De crapaux, de lezards ſur les rochers rampans,
Et ſi bien à cela elle les accouſtume,
Qu'eſtans venus plus forts & de corps & de plume,
De meſmes animaux ils cherchent leur manger:
Ne voit-on pas ainſi le Vautour paſſager
Voleter à l'entour de l'infecte charongne?
Dont pour paſture aux ſiens vne piece il empongne:
C'eſt là pareillement le manger du Vautour,
Qui ſe nourrit tout ſeul, ou nourrit à ſon tour
Ses petits deplumez, dedans ſa molle couche:
On ne voit pas ſortir d'vne mauuaiſe ſouche
Bonne fleur, ou bon fruit d'vn noir & laid corbeau
On ne voit pas ſortir vn Cygne blanc & beau:
Au contraire vn bon fruit ſort d'vne bonne tige:
Aux beaux rais du Soleil l'aigle petit voltige,
Comme luy a monſtré cil dont il eſt ſorti,
Il ne ſuit la charongne, ains ieune prend parti,
Cõtre vn lieure paoureux, & plus grãd va en queſte

De quelqu' oyseau plus fort, & plus robuste beste,
Mais le voicy venir. Et bien est-ce ià fait?

Le Guide.

Me voila pour ce coup content & satisfait:
Auançons donc, afin qu'estant d'heure opportune,
Nous puissions rencontrer quelque bonne fortune,
Quand il est question d'aller ou trauailler,
Faison iambe de vin: le vin fait resueiller
Les esprits endormis, & gaillard rencourage
Ceux qui de lasseté ont perdu le courage.

Elimas.

Mais allons à haut pas c'est desia trop souuent
D'inutile parler espandu par le vent.

Elaü.

Ie ne sçay quel malheur m'a separé des troupes
De nos autres chasseurs, m'emportant sur les croupes
De ces mons esleuez, apres vn grand sanglier,
Qui sortant tout à coup d'vn espineux hallier,
Vient s'embâtre sur moy, & deuât qu'il m'esuente,
Il auoit desia eu asprement l'espouuente
Du grand abboy des chiens, & du cry des picqueurs,
Et auançoit pays: soudain mes bras vainqueurs
De beaucoup d'autres tels, encontre ie desploye,
Et toute mon addresse & ma force i'employe
A le faire mourir, ie luy lance mes dards,
Et luy tire le sang du corps de maintes parts,
Il s'eschauffe & prend cœur, me court sus de furie:
Voyant que ce n'estoit ni ieu ni mocquerie,
Ie me tiens sur ma garde, & mon bras ie roidis,
Puis l'espieu bien-trenchant contre luy ie brandis,
Luy plongeant dans le corps? le sang de l'ouuerture
Decoule à gros ruisseaux sur la belle verdure,
Ce fait, il s'est ietté demy-mort au desert:
Mais comme est-il allé de la chasse du cerf.

Elon.

Elle a esté sur tout belle & laborieuse:
Car nostre beste estoit rusee & furieuse,
Bien agille du pied & d'vn corps grand & fort,
Où il estoit besoin d'industrie & d'effort.

Esaü

Racontez le moy donc sans plus me faire attendre
Puisque ie n'y estois ie desire l'entendre.

Elon.

Le Veneur qui le cerf auoit ià descouuert,
Nous mene sans faillir par vn pays couuert:
Lors chasque picqueur préd la houssine en la dextre
N'estant pelée encor, pour destourner adextre
Les branches deuant soy en brossant par les forts:
Il n'y eust cil de nous qui ne mit ses efforts
A sçauoir curieux deuers quelle partie
Vous tiriez, ayant veu la bande mi-partye:
Mais ne vous descouurans, dont nous n'estions côtens,
Nous mettons pied à terre, & ne perdons le temps:
Si tost que nous venons le plus pres des brisees,
Qui se font remarquer par les branches brisees
De la main du Veneur, chacun descend leger,
Pour plus facilement du pied du cerf iuger,
Et sans plus long seiour en façon de couronne
La bande des picqueurs le buisson enuironne,
Où le cerf à son fort, pour le cognoistre mieux
Au partir du lancer: Ce fait n'est ocieux,
Ni de peu de profit, pour remarquer le change:
Par ce defaut souuent le peu caut Chasseur change
Le cerf lassé au frais, pour lequel conquerir
Il faut tout derechef mieux suer & courir:
Alors nostre veneur, s'auance, & frappe en route,
Et le Cerf effrayé se met à vauderoute:
Tout incontinent l'air retentit loin des voix

Des picqueurs & des chiens, biē grād plaisir i'auois
A les voir sorhuer & de toutes pars bruire,
Et ouyr maint Echo decà delà rebruire,
Hau voy-le-cy aller, voy-le-cy, va auant,
Sus route, route, route : vn tantost va deuant,
Et vn autre aux costez, quelqu'vn moins prompt
    derriere :
Chacun à qui mieux mieux donne aux cheuaux
    carriere :
Vu seul n'est paresseux : chacun va se mouuant,
Comme s'il fust porté sur les aisles du vent :
Les Veneurs vont criant aux meutes emportees
D'vne ardeur vehemente, il va par les portees,
Auant par la fumee, il depart de bon temps,
A luy chiens, à luy chiens, les pas ne sont latens,
Sus voy-le-cy aller, sus voicy les foulees,
Apres valets, apres. Les campaignes foulees
Gemissent sous les pieds des cheuaux des picqueurs,
Et des vistes limiers : dedans les bois obscurs
Vn grand tumulte on oit, vne horrible tempeste,
Vn effroyable bruit de mainte & mainte beste,
Qui prenant l'espouuente abandonne son fort :
Les Sangliers, les Lyons, les Ours s'effrayent fort
Du fier abboy des chiens, des fortes voix des hommes
Du haut bruit des cheuaux : de tous ceux que nous
    sommes
On n'en remarque vn seul manquer à son deuoir :
Chacun a bien chasser employe son pouuoir :
Le Cerf des mieux dispos de vitesse outrepasse
Tous les relais dressez : nous sommes longue espace
Sans l'ouyr, ny le voir : les chiens sont en defaut,
Les picqueurs en esmoy, dessus ce pas il faut
Attendre le Veneur pour en auoir addresse,
Luy se doutant du fait, accourt & nous redresse :

        B iiij

Où chacun promptement sans long temps esquester,
Retourne à la brisée. & s'en va requester.

Esaü.

Puis que c'estoit vn cerf ià vieil, ou ie m'abuse,
Vous ne l'auez pas pris qu'il n'ait fait mainte ruse.

Elon.

Il n'en faut pas douter : en cela, Monseigneur,
Le Veneur entendu a bien eu de l'honneur:
Ie me remets sur luy pour le rapport en faire: (re,
Chasqu' hôme en sô propre art & en sa propre affai-
Peut bien mieux à propos qu'vn autre discourir:
Celuy là n'ose pas dessus la mer courir,
Qui ne sçait la marine : ou donner la reubarbe,
Qui n'a point appris l'art d'Aesculap' longue-barbe,
Ou s'il s'en veut mesler, il en a deshonneur.

Esaü.

Faites donc promptement auancer ce Veneur,
Afin qu'il me discoure au long de vostre chasse.

Le Veneur.

Môseigneur vostre grace entre tous ie pourchasse,
Ie vous discourray tout ainsi comme il s'est fait.

Esaü.

I'en auray plus le cœur content & satisfait!
I'ay vn fort grand regret, que l'aduerse fortune
Aye ainsi trauersé mes desseins importune,
Ie pensois bien auoir ma part du passe-temps.

Le Veneur.

Il ne faut s'en marrir, nous auons prou de temps
A le recompenser, & le discours supplee,
A ce que n'a esté la chasse contemplee:
Quand le cerf eust passé nos relais de beaucoup,
Il se met finement a ruser coup sur coup;
D'vne façon estrange, admirable, & nouuelle,
Ce qui brouille aux picqueurs peu rusez la ceruelle.

Et pour donner le change il nous pousse vn brocard,
Que suyuent quelques vns , mais non sans mains
　　broquard:
Apperceuant bien tost sa ruse & sa malice,
Ie leue le defaut, & les remets en lice:
Criant, gare chiens, gare : à moy, à moy, à moy:
Dessus ce pas estans en doute & en esmoy,
Nous recouplons les chiens cherchons la reposee,
Et refrappons en route, où s'estoit ià posee
La beste cauteleuse, & nous la relançons
Ie ne suis apprentif à toutes les façons,
Et les ruses du cerf, qui voyant l'aspre chasse,
Entre dedans les forts, & les bestes en chasse,
Puis se met en leur lict, laisse les chiens brosser,
Met ses pieds sous le ventre & rusé fait passer,
Son vent dedans l'humide, & le frais de la terre:
Les chiens sans sentiment passent aupres grand erre,
Et presque les picqueurs luy font leurs pas sentir,
S'embastans dessus luy premier que de partir:
Il depart à la fin prompt comme la sagette,
Que d'vn arc bien tendu l'archer robuste iette.
Les chiens le vont suyuant, il va de fort en fort
Les bestes rechercher, & met tout son effort
A les bouter dehors & d'elles s'accompagne,
Brossat à qui mieux mieux dans le bois ou campagne:
Il fait cela vne heure, & en fin mal mené
Dedans vn grand chemin il s'est seul destourné,
Sçachant par quelque instinct de nature prouide,
Que dedans vn endroit de bois, & d'herbe vuide,
Les chiens ne peuuent pas si manifestement,
Comme en vn champ ou bois en auoir sentiment:
Certes ou bien nature, ou quelque autre puissance
Des la creation octroyer cognoissance
A tous les animaux benignement voulut,

　　　　　　B　v

De ce qui est contraire, ou vtile à salut,
Maint animal diuers, çà delà ses pas dresse
Par dedans les chemins, qui fait rompre l'addresse
Aux Veneurs & aux chiens, & le chaud du Soleil
En retire le frais, la poudre empesche l'œil
De pouuoir bien à clair recognoistre la trasse:
Quoy qu'vn chien soit isnel & de gentille race,
Bien appris & dressé, le plus souuent il perd
Sentiment aux chemins, mais le Veneur expert
A leuer les defauts auec son œil prompt erre
Tant deçà que delà, & recherche sur terre
L'attouchement des pieds, pour voir le hourvary
Qu'ayant tost apperçeu ie iette vn bien haut cry,
Pour resiouyr les chiens: i'en voy vn vieil qui dresse
Les vieils chiés ont tousiours plus certaine l'addres-
Ie m'en vay tost à luy, & descouure le cerf,　　　(se:
Qui rusant nous gardoit encor pour le dessert
Vn brullis importun: leger il le trauerse:
Nos chiens perdans le frais, prennent voye diuerse
Mais cognoissant le fait, sans plus m'en enquester,
Ie m'en viens dessus eux, & les fais requester
Ils estoyent en sueur, & presque hors d'haleine:
Car il estoit le temps qu'au milieu de la plaine
De l'Olympe estoillé se pourmenoit Phœbus,
Les fleuues bouillonnoyent, & les prez plus herbus
Se sechoyent à l'ardeur, le rustique à l'ombrage
Donnoit pour le grand chaud trefues à son ouurage:
Vn chacun est d'aduis de promptement poser
Aupres d'vne fontaine afin de reposer:
Aussi tost fait que dit on sonne de la trompe:
Et afin que le cerf s'escartant ne nous trompe,
Ie iette la brisee, & remarque ses pas:
Soudain chacun recherche, & repos & repas,
A quoy le long trauail, & la faim importune

Sembloit desia semondre auec l'heure opportune.
Ie fais tost recoupler & par ord re ranger
Les meutes de nos chiens, pour auoir à manger.
Chacun se raffrechit tandis que l'ardeur passe.
Le Soleil enflammé desia de longue espace,
Auoit outre-passé le milieu des hauts Cieux:
C'est, dis-ie compaignons, c'est trop estre ocieux,
A cheual, à cheual, re pre nons les brisees,
Et allons rechercher du cerf les reposees,
Il le faut relancer: Chacun est prest soudain,
Ie depards & d'vn pied aussi prompt que le daim,
Au trauers des halliers plus espais ie me lance,
D'où sans tarder beaucoup nostre cerf ie relance,
Qui se iette dans l'eau ià las & mal-mené:
Mais il en fust soudain des picqueurs ramené:
Lors la troupe des chiens en façon de couronne
Auecques grands abbois l'enceint & l'enuironne,
Là comme s'il eust eu quelque traict de raison,
Non qu'a l'homme i'en fasse en rien comparaison,
Qui se sentant pressé d'vne main meurtriere,
A recours à vn autre ou à l'humble priere,
Il s'eschappe des chiens qui suiuoyent, & plorant,
Il vient à nous mercy tendrement implorant,
De mon estoc pointu le flanc ie luy trauerse,
Et l'abbas demi-mort par terre à la renuerse:
L'air de toutes parts bruit du trä trä des picqueurs,
Si tost qu'ils se sont veus de la beste vaincqueurs:
Nous sonnons à la mort d'vne gaye allegresse,
Chacun soudain au son s'arreste & se raddresse,
Les chiens foulent le cerf, & tout incontinent
Comme il m'appartenoit mon cousteau desgainant
Vay le pied droit leuer, qu'hüble ie vous presente,
Vous estant de droit deu de la chasse presente.

Esaü.

Ce iour comme ie voy vous a esté heureux
Profitable & plaisant, mais à moy malheureux
Qui m'estant separé mal à propos des troupes,
Ay erré ç à & là par les desertes croupes,
Auec peu de profit, moins encor de plaisir:
I'ay ieusné tout ce iour la faim vient me saisir:
Quoy? c'est fait sans repaistre vne trop lögue traite:
Qu'vn chacun promptement fasse au logis retraite.

III.   Chœur.

En terre tout animal
Demeuroit en asseurance,
N'estant chassé à outrance
De l'homme auant qu'il fit mal:
Le mal ayant fait entree
En son cœur incontinent,
Toute chose incontinent
Rebelle à luy s'est monstree:
Le Ciel fasché va dardant
Dessus sa rebelle teste
Mainte effroyable tempeste
De foudre & tonnerre ardant.

La terre aussi mutinee
Espand vne grand foison
De venin & de poison
Sur sa race ruinee:
Elle produis d'autre part
Vne farouche lionne,
Vne tigresse felonne,
Et vn cruel leopard:
Tout à contre luy conspire

Forest, ni fert, ni buisson
N'est sans crainte, ni soupçon
Tout à sa ruine aspire.

Il luy faut de pieds soudains,
Pour viure, monter aux croupes,
On és bois chasser és troupes
Des sangliers, des cerfs, dès daims:
Il luy faut auec la fleche
Espandre le rouge sang
De l'animal innocent
Par vne mortelle breche:
Car la terre de son sein
Ne luy verse plus à viure,
Et tout malheur vient poursuyure
Son detestable dessein.

Encor si la main cruelle
N'en auoit qu'aux animaux,
Qui cruels luy font des maux,
Ce seroit iuste querelle:
Mais sanglante elle descend
Sur les bœufs du labourage,
De là par aprés sa rage
Le corps de l'homme ressent:
Sus donc soit chassee au Scythe,
Au Turc, au More cruel,
A l'Arabe aime-duel
Toute la chasse illicite.

ACTE QVATRIESME.

Iacob,   Nachor.

Ie n'ose quasi dire auec quel grand mespris,

Et quelle impieté les orgueilleux esprits,
Arreſtent Dieu au lays des dures deſtinées
Et enſerrent cruels les ames libres nées
Dans les dures priſons de quelque arreſt fatal:
S'ils ny mettoyent encor que ce qui eſt brutal,
Mais d'y reſerrer l'ane, & celuy dont l'eſſence
Eſt d'immenſe bonté de ſupreme puiſſance,
Et qui ne trouue fin qu'en ſon infinité,
C'eſt faire vn trop grand tort à la diuinité,
C'eſt trop aſſeruir l'homme, afin que ſous ſilence
Ie paſſe du grand Dieu l'admirable excellence,
Qui ne ſe peut comprendre infini, immortel
En vn diſcours fini que fait l'homme mortel:
Ie coſtoye la riue ayant pour ma ſeure ourſe
La ſimple humilité, à gouuerner ma courſe:
Ie ne veux maintenant d'vn Neptun ſi profond
Temeraire ſonder pour me perdre le fond:
Ie ne veux eſcheler comme l'ange ſuperbe
Le troſne des hauts Cieux, ie veux ramper ſur l'herbe:
Et y cueillir les fleurs eſparſes çà & là,
Plaiſantes au fleurer: ie ne ſuis de ceux là
Qui cherchent l'Aconit au lieu de Panaſſee:
Telle ſorte de gens eſt ſouuent menacee
De la bouche de Dieu, telle ſorte de gens
Sent du courroux de Dieu les traicts endommageas,
Qui ſe forge impudente, ou vanteuſe deuine
Vne maieſté ſaincte, vne eſſence diuine
Languiſſante és hauts Cieux en morne oyſiueté,
Apres auoir poſé en grand'haſtiueté
Au celeſte pourpris pour lieutenans les aſtres,
Pour cauſer le bon heur, ou les triſtes deſaſtres
A l'homme ſon image, apporter changemens
A l'air & à la terre & diuers mouuemens
Aux champs large eſtendus du haut bruyant Neree:

Et elle cependant en la vouste æherée
Resignant sa puissance aux astrez animaux,
Et n'ayant point d'esgard ni aux biés, ni aux maux,
Se donne du bon temps, dort côme vn loir immonde,
Sans prendre aucun souci des affaires du monde,
O quelle impieté non pas non de lancer
Ces traicts iniurieux, ains mesmes les penser
Contre l'honneur de Dieu, contre sa prouidence!
Qui moula d'art sans art, qui par ordre & cadence
Disposa ce grand tout sur le moule d'vn rien,
D'vn rien ayant extraict le seiour terrien,
L'estendue des cieux & les flots de Neptune,
Qui ne laisse courir au gré d'vne fortune.

Nachor.

Toutesfois la fortune en mille effets fait voir
Qu'elle a dessus le monde vn non petit pouwoir:
Elle donne souuent au pasteur vn beau sceptre,
Souuent le plus grand Roy elle abbat & desceptre,
On l'inuoque on l'accuse en tout cest vniuers,
On la loüe, on la blasme aux effets tant diuers,
Qu'elle va produisant en la mer en la terre:
Les meschans elle esleue, & les bons elle atterre,
Iamais ne maintenant inconstante sa foy,
Iamais ne s'esclauant aux ceps d'aucune loy,
Elle caresse l'vn contre tout son merite,
Et contre l'autre à tort maligne elle s'irrite:
Le iuste elle fait viure en paix & pauureté,
L'iniuste elle maintient sans estre inquieté,
En richesse & repos, & aux honneurs l'emporte,
Au veillard chargé d'ans elle ferme la porte
Des tenebreux enfers, & contre son vouloir
Luy prolonge ses iours pour le faire douloir:
D'vne main importune elle coupe la vie
Au ieune ayant encor de viure grand enuie:

Allez par mer, par terre, & voletez par l'air
Sans cesse vous orrez de fortune parler.

Iacob.

   Ouy biē de celle là qu'en nous peint sans lumiere,
Les pieds sur vne boule, à tous vens coustumiere
De tourner le visage, & qu'on peut effacer,
Encore bien plustost que ne la peut tracer
D'vn artiste pinceau vn disciple d'Apelle:
Tout ce qu'en l'vniuers l'homme fortune appelle,
N'est ce qu'vne chimere, & pure fiction,
Où regne le bon ordre on n'en fait mention,
Et où la prouidence a vné fois pris place,
Et la crainte de Dieu, la fortune en desplace,
En la seule ignorance elle peut subsister,
Et là non autre part elle vient s'arrester:
Ce qu'on voit a l'enfant, au fol, & à l'esclaue
Auoir nom de fortune, est a vn pere graue
A vn homme prudent, à vn maistre discret,
Vne grand prouidence & vn conseil secret:
De guet à pens vn pere estant en son par-terre
Pour esprouuer son fils laisse tomber par terre
Quelque piece d'argent: vn capitaine expert
Qui voit qu'en vain son temps & son effort se perd
A battre vn fort chasteau, a recours à la ruse,
Et faisant rompre vn char à la porte il amuse
Les gardes indiscrets, & prompts a s'amorcer,
Tandis que ses soldats accourent le forcer:
Au deceu l'vn de l'autre vn maistre caut enuoye
Deux ou trois seruiteurs, par bien diuerse voye,
Toutesfois en lieu mesme, afin de mieux sçauoir,
Lequel d'eux est plus prompt a faire son deuoir:
Ce qui est donc à l'vn vn haz ard & fortune,
A l'autre est vn conseil & prudence opportune:
S'il se rencontre ainsi entre nous effects maints,

Qui n'auõs que des sens imparfaits, cõme humains,
Dont les yeux de l'esprit sont sillez d'ignorance,
Et troubles au Soleil, il y a apparence
Que Dieu qui cognoit tout en son esprit parfait,
Fait assembler la cause en vn certain effet,
Quoy que bien esloignee à nostre cognoissance:
S'ils veulent appeller la diuine puissance,
Qui me sirtage cela, fortune, nous cedons,
Et seulement vn nom plus propre demandons,
Cestay-cy pour l'enclorre a l'escorce trop tendre,

Nachor.

Il ne nous faut donc rien de la fortune attendre,
Puis que vous la voulez honteusement bannir
De tout cet vniuers? Ou nous faut-il venir,
A vne destinee arrestee aux clairs astres,
D'ou procedent nos biens & nos cruels desastres.

Iacob.

Ce n'est que resuerie, abus, impieté,
De laquelle l'esprit de l'homme empieté,
De libre est fait esclaue, & qui trop diminue
Du pouuoir du grand Dieu, & d'honneur le desnuë,
Si le ciel nous domine, il ne faut plus plier
Le genoüil deuant Dieu, il ne faut supplier
Sa maiesté diuine, elle est trop rauallee,
Et sa puissante main desja trop reculee
Pour en auoir secours en l'horreur de nos maux:
Addressons nous plustost a ces saints animaux.
Faisons leur des autels & des beaux sacrifices!
Mais s'ils sont les autheurs de tous les malefices,
Des mœurs, & des humeurs, & des saintes vertus,
Dont on voit les mortels brauement reuestus.
Soit muette la loy, la peyne soit bannie,
La Republique encor de loyers degarnie,
Nous ne meritons rien: ains les astres des cieux,

Qui nous poussent aux biens, ou aux faits vicieux,
Dites moy quelle honte & quelle ignominie,
Qu'vne image de beste ainsi nos mœurs marie:
Le taureau Traine ioug vient les hommes lier
Au ioug de seruitude: & le gaillard Belier
Conduisant le troupeau aux pleines, & aux croupes
Les fait dedans vn camp chefs des guerrieres troupes
La Balance les rend de Iustice amateurs,
Le Scorpion cruel cruels persecuteurs,
Le Lion grands guerriers, & la belle couronne
Superbement leur chef d'vn bel or enuironne:
Mais on voit arriuer cela tout autrement,
Vn chacun de nous deux le monstre appertement,
I'entés mon frere & moy, qui nez sous mesmes signes,
En mesmes temps conçeus, auons des mœurs insignes
Des esprits & des corps en leur diuersité:
Et pense encor qu'en heur & en aduersité,
Nous ne serons esgaux : il se plaist à la chasse,
Et moy tous mes plaisirs dans les parcs ie pourchasse:
Il est grand & robuste, arrogant & superbe,
Et moy humble & craintif, côme vn mouton brout   (herbe:
Il s'egare abusé en l'abus des faux dieux,
Rien ne m'est tant au cœur que faux dieux odieux:
I'adore l'eternel, dont la sainte parolle
A fait toute puissante & l'vn & l'autre pole,
L'air, la terre, & la mer le pere des humains,
Ouurage entre tout autre excellent de ses mains,
Auquel il octroya certaine cognoissance
Et du bien & du mal, & mit en sa puissance
De poursuyure le bien, & d'estre bien-heureux,
Ou de prendre le mal, & d'estre malheureux.
Qui veut à la vertu courir de droite lice
A l'heur ou au malheur, à la fraude malice,
Il ne doit des hauts cieux l'influence emprunter,

Elle deſpend de luy : Car il peut bien dompter
Le malheur par prudence, & conduire ſa vie
Au chemin de vertu, où Dieu meſme conuie
Et aide le mortel ayant à luy recours.

Nachor.

Mais à quoy ſeruira ceſt admirable cours
Des ſignes eſtoillez, ſera il inutile?
L'air ſera plein d'oiſeaux la mer ſera fertille
En poiſſons eſcailleux? Et le pourpris des cieux
Plus que l'air & la terre & la mer ſpacieux
Croupira ſans rien faire en pareſſe engourdie?
Ie ne le penſe pas quoy qu'vn ange le die.

Iacob. L'architecte diuin de ce grand vniuers
N'a pas voirement fait tant de ſignes diuers
Pour demeurer oiſifs : comme : cauſe premiere
Il leur donne benin vertu, courſe lumiere
Et les tient tellement aſſeruis ſous ſes mains,
Qu'vn d'eux ne peut verſer ſur les corps des hu-
Ni moins ſur les eſprits vne autre deſtinee   (mains,
Que celle qui le r'eſt de luy determinee:
Logeans le clair Phœbus en leurs belles maiſons,
Ils ſont ſignes certains des diuerſes ſaiſons,
De l'Hyuer, du Printemps de l'eſté, de l'Autonne,
S'il fait froid, s'il fait chaud, s'il eſclaire, s'il tonne:
Ils peuuent bien donner quelque inclination,
Mais le ſage ſur eux a domination,
C'eſt aſſez : voy-ie pas arriuer à grand haſte
Eſaü mon aiſné quelle affaire le haſte
Ie luy vay au deuant.

Eſaü.   Ie ſuis mon frere aimé

Tout rompu de la chaſſe alteré, affamé,
Le cœur preſque me faut : donnez donc la grace
Vu peu de bon potage & de bonne chair graſſe
Pour me remettre ſus.

Iacob.

Qu'il ne tienne à cela
Que ie ne vous secoure, auancez en voila:
Mais soubs condition que sans dol & finesse,
Vous me viendrez, ceder tout vostre droit d'ainesse.
Esaü. Ie vay bien tost mourir que me seruiroit-il?
Ie le vous cede tout.

Nachor.

Voila vn tour gentil:
L'indiscret Esau perd son bel heritage,
Eschangeant son ainesse en vn peu de potage:
Mais Iacob plus discret sous la faueur des cieux,
Obtient pour peu de chose vn don tres-precieux.

LIII.　　Chœur.

Dieu en commun pouruoit a nostre bien,
Par sa clemence & bonté admirable,
Si nous n'auons tous son œil fauorable,
Que l'vn soit mal & que l'autre soit bien,
　　Il n'en faut pas mettre la faute
　　Dessus sa prouidence haute,
　　Ains sur la fresle infirmité
　　De l'humaine masse, & matiere,
　　Ou soit subtile, ou soit grossiere
　　Le bien ou le mal est enté.

Dieu toutesfois bien souuent l'vn approuue,
Et benin marque auec son sacré seau,
L'autre banny des son tendre berceau
De sa maison, tristement il reprouue:
　　L'vn il esleue grand Seigneur
　　En supresme gloire & honneur,
　　Et sa puissance aux Roys esgale,

Et l'autre apres maints maux souffers
Il fait deualer aux enfirs
Auec vne chanse inegale.

C'est tout ainsi qu'vn habile potier:
V afaçonnant auecque mesme terre,
Vn beau vaisseau qu'en thresor on reserre,
Ou vn qu'on met a maint vile mestier:
　Vn iardinier ainsi pratique
　Dedans vn verger magnifique,
　Reseruant vn lieu pour les lis
　Pour les œillets & fleurs plaisantes,
　Les herbes au viure duisantes
　Et pour les fumiers & les licts.

Cela depend de sa volonté sainte
Directement, laquelle à son plaisir,
Laisse les vns pour les autres choisir
Sans receuoir de force ni contrainte:
　Et soubs des occultes secrets
　Aux vns fait ietter des regrets,
　Des gemissemens & des larmes:
　Aux autres donner du bon temps,
　Et les laisse viure contens
　Sans effrois, assauts, ni allarmes.

ACTE CINQVIESME.

Rebecca.　　Iudith.

C'est vn grand don de Dieu, que d'auoir des enfans
Illustres en vertus, en honneur triomphans,
Qui sans se fouruoyer entrent dedans la trace
Des hommes genereux, dont ils firent leur race,

Qui s'exposent plustost aux durs traits de la mort,
Que de commettre rien dont ils ayent remord:
Mais ce sont corbeaux blancs, ce sont encor noirs
    cygnes:
Car on en trouue peu qui se rendent insignes,
En bien, ains trop en mal trop qui sans soin d'hõneur
Font à leurs deuanciers opprobre & deshonneur:
Ie ne sçay comme on voit en l'humaine lignee
Du sentier des maleurs mainte race esloignee
Es animaux que Dieu n'a doüez de raison,
On en voit tous les iours plus sans comparaison
Qui d'vn pas asseuré cheminent par la piste
De ceux dont ils sont nez.

Iudith.

  Nature leur assiste,
Nature leur enseigne a suyure, & imiter,
Et dedans c'est enclos tousiours se limiter:
Ie lion desia grand se nourrit de la chasse
D'où il voit que son pere a viure se pourchasse:
La brebis broute l'herbe és campaignes & prez,
De mesme fait l'agneau la talonnant de prez:
Le loup va deuorant la puante charongne,
Ses petits font ainsi, la piteuse cygongne
Nourriture à foison à son pere fournit,
Lors qu'il ne peut debile abandonner le nit
Ou lors qu'il est ia vieil dessus son dos le charge,
Et ne se plaint iamais, qu'il luy soit dure charge.
On voit tout autrement és hommes aduenir,
On les voit en humeurs, & mœurs contreuenir
A leur premier estoc, on voit d'vn braue pere
Sortir vn lasche fils, dont chacun desespere:
On voit d'vn meschant homme arriuer vn enfant,
  Qui d'vne sainte ardeur sa poictrine eschauffant,
Par actes vertueux magnanimement tasche,

A mettre bas l'opprobre & effacer la tache
Qui souilloit le renom de ses premiers ayeux.

Rebecca.

Ie le voy maintenant trop à clair à mes yeux,
Aux deux enfans que i'ay, dont l'vn a l'ame belle
Est benin & courtois, l'autre est fier & rebelle,
Et ils sont neanimoins de mesme pere issus,
En mesme temps & lieu en mon ventre conçeus,
Ie ne suis enuers eux, comme ces folles meres,
Qui sont douces aux vns, & aux autres ameres.
Sans en auoir suiect: Ie cheris la vertu,
Dont ie voy noblement mon Iacob reuestu:
I'abomine le vice, & l'orgueil detestable
Dont Esaü se rend à tous insupportable:
I'aimerois beaucoup mieux du tout d'enfans n'auoir
Si Dieu l'auoit remis à mon vueil, & pouuoir,
Que d'en auoir d'ingrats, d'en auoir qui su yuissent
Les faux dieux des Gentils, qui lasches s'asser-
        uissent
A tout vice, à tout crime, à tout plaisir mondain,
Ils me sont en horreur, ils me sont en desdain.

Iudith.

Mais d'où peut proceder leur nature diuerse?
Iacob a l'ame bonne, Esaü l'a peruerse,
Ils sont enfans d'vn pere accompli en vertu,
S'ils prenoyent le chemin qu'il leur a ià battu
Ils ne pourroyent errer: l'exemple d'vn bon pere
Sert aux enfans bien nez, d'vne eschelle prospere
Pour monter au haut temple ou s'esleue l'honneur
Derriere la vertu, compaigne de bonheur:
Ce n'est encore assez qu'vn bon pere aux siens donne
Exemple de bien viure, il faut qu'il ne pardonne
Au mal qu'il leur voit faire, ains que seuerement,
Il y vienne bailler condigne chastiment:

Ce n'est encor assez il faut qu'il les enseigne,
Ou les baille des chefs desquels suiuant l'enseigne
Ils aprennent le bien, & euitent le mal:
Chacun cognoist que l'homme est flexible animal
De quel costé qu'on veut: toutefois plus au vice
Qu'à la sainte vertu, & qu'au diuin seruice,
Toute autre chose omise, il nous faut mettre peine
D'y dresser nos enfans: en vain celuy là peine
Tant d'esprit que de corps a les rendre sçauans,
Les monter aux honneurs, qui sont sables mouuans,
Qu'vn vent impetueux de fortune diuerse
Manie à son plaisir, les hausse, les renuerse,
S'il ne bastit premier en eux le fondement
De la crainte de Dieu: tout va prosperement,
Quand la crainte de Dieu sert de stable colomne
En ce monde aux mortels, qu'elle les aguillonne
Aux actes de vertu: tout est plein de malheur
Aux actes des mortels qui n'ont point Dieu des leur.

Rebecca.

Ie ne sçay si le pere ayant son ame esprise
De l'amour de l'aisné n'a vsé de reprise
En la necessité, ou si trop indulgent
Il l'a laissé prodigue abuser de l'argent.

Iudith.

L'argent est la desbauche & la ruyne apperte
De la ieunesse simple, il luy cause la perte
De l'esprit & du corps, & du temps precieux:
L'argent aux ieunes gens est tres-pernicieux:
Comme vn fol iardinier qui trop souuent arrose
Ie doux-flairant œillet, & la vermeille rose
Ne les fait point accroistre, ains les noye, ou iaunit,
Ainsi vn pere fol, qui trop d'argent fournit
A son fils le corrompt, & sa belle monnoye
En l'abisme profond des voluptez le noye:

Vn expert laboureur auec sa prompte main
Voyant vn arbre tors, sans attendre à demain,
Le redresse, & luy baille vn appuy fort & stable,
Ou voyant dans le champ sa Ceres delectable
Meslee auecques l'herbe, il tire l'herbe auant
Que, dessus importune elle aille s'esleuant:
Vn pere bien prudent, si-tost qu'il voit le vice
Prendre racine au cœur de son ieune nouice
L'arrache promptement, & luy coupe le cours
Comme meilleur remede & plus soudain secours.

Rebecca.

Mais i'oy la voix d'Isac qui iusqu'à nous resonne
Qui est ce maintenant qui contre nous resonne?
Ie vay le descouurir.

Isac & Esaü.

O mon cher fils tu vois
Que ie n'ay plus desia que l'ouye & la voix,
I'apperçois bien qu'en brief Atropos delibere,
Me faire estendre mort dans la mortelle biere,
Dont ie n'ay pas regret, puis que de l'Eternel,
Qui m'a tousiours chery d'vn amour paternel,
C'est la volonté sainte, & l'arrest dont n'appelle
Celuy qui ne veut estre à son vouloir rebelle:
Mais premier que la mort m'emporte de ce iour
Que l'Eternel me mette en l'Eternel seiour,
Pren' tout ton equipage, & t'en va à la chasse
Où si Dieu fauorable entre tes mains achasse
Pour mon dernier banquet de bonne venaison,
Tu me l'apporteras mon fils à la maison,
Où sans faire seiour l'ayant assaisonnee
Comme il me vient à goust, d'vne main fortunee
I'estend ay dessus toy la benediction,
Qu'vn cœur remply de zele, & de dilection
Donne à son fils aimé, & lors d'vn vol prospere

Mon ame s'en ira au doux sein de mon pere.

Esaü.

Mon treshonoré pere, il n'y a du tout rien
Qui me delecte plus au seiour terrien,
Que ie desire plus que vostre bonne grace :
Mais au contraire rien tant que vostre disgrace
Ne me peut contrister, ie m'en vay promptement
Mon pere executer vostre commandement.

Rebecca.   Iacob.

Mõ cher fils tu sçais bien que d'vne amour extreme
Ie t'aime encore mieux que ie ne fais moy mesme,
Que ie fais maintenant prodigue en ton endroit
Ce qui semble contaire à nature & au droit:
Car i'oje preferer ta tendrette ieunesse
Et t'a simplicité à la robuste aisnesse
De ton frere Esaü, auquel ton pere rit,
Et comme son mignon le caresse & cherit,
Et n'a d'autre plaisir. Ie les oyois n'aguere
Ensemble deuiser, sans se soucier guere
De ton auancement: sac veut seul benir
Ton germain Esaü, ie les veux preuenir,
Et destourner sur toy le bien qu'il luy procure,
Il t'en faut auec moy prendre ensemble la cure.

Iacob.

Comment cela ma mere? hé ie redoute bien
Que nous ne procurions mon mal non pas mon bien.

Rebecca.

Non ferons non, mon fils, i'ay fait vn heureux songe
Qui me vient enhardir.

Iacob

Le songe en pur mensonge
Se change volontiers, il ne faut s'y fier.

Rebecca.

Aussi ne faut-il pas du tout s'en defier.

Car l'immortel souuent en vrais songes confere
Auecques le mortel ce qu'il resoud de faire:
Pharon Prince d'egypte en pourra bien parler
Qui se sentit de Dieu en songe flageller
Ayant osté rauir à Abraham sa femme:
Abimelech voulant auec vn grand diffame
M'attraire à son plaisir, Dieu me vint garantir
Ayant daigné la nuict en songe l'aduertir.

Iacob.

Et bien qu'estimez-vous qu'il nous faille icy faire?

Rebecca.

Tout d'vn temps commencer & finir nostre affaire.

Iacob.

Tel se haste trop tost, qui trop tard s'en repent.

Rebecca.

Tel dilaye aussi trop qui par apres s'en prend.

Iacob.

Il faut prendre conseil en fait de consequence.

Rebecca.

Vaine des consulteurs souuent est l'elo quence.

Iacob.

Cestuy-la peche moins qui peche auec conseil.

Rebecca.

Le trop grand consulteur à peine sort son sueil,
Que desia de bien loin ne luy soit eschappee
L'occasion commode, & que sa main trompee
Ne se plaigne d'auoir derriere prins du vent
Au lieu des longs cheueux qui luy pendent deuant.

Iacob.

La femme trop hastiue ayant vne entreprise
N'en apprehende point la faute & la reprise.

Rebecca.

L'homme trop lasche & lent ne fait iamais beau
fait.

Iacob.

Allons doux au conseil promptement à l'effect.

Rebecca.

Que sert de consulter si l'affaire est trop claire?

Iacob.

Aux clair-voyans encor vn bon conseil esclaire.

Rebecca.

Ce discours me despaist: c'est trop ietté par l'air
Sans venir à l'effect d'inutile parler.
Escoute promptement, promptement execute,
Si tu ne veux que mal sans fin te persecute,
Repentir & chagrin t'accompaignent tousiours,
Ton pere se voyant à la fin de ses iours
Veut benir Esaü, il faut que par finesse,
Tu luy ostes encor, ainsi que, son aisnesse
Iadis tu luy ostas, sa benediction.

Iacob.

Mais ie crains de tomber en malediction,
Si ie suis vne fois descouuert de mon pere.

Rebecca.

Rien de mal, mais tout bien de ce conseil s'espere:
Chemine asseurement sans crainte & sans esmoy,
S'il y a quelque mal qu'il retombe sur moy:
Donc sans plus long seiour, Iacob ie te commande
D'apprester le manger que ton pere demande,
Courir d'vn viste pas droit à nostre trouepeau,
Tuer deux cheureaux, apporter chair & peau,
I'en couuriray ton col, & ta main delicate,
Desnuee de poil, afin que s'il te taste,
Il ne te recognoisse, & de la tendre chair,
Ie feray vn manger qu'il a plus doux & cher.

Iacob.

Ie m'y en vay ma mere, encore que ie tremble
De l'apprehension: Car la chose me semble

De grand' difficulté pour la mettre à effect.

Rebecca.

Marche donc promptement ce deust jà estre fait.

Iacob.   Isac.

Mon pere, mon doux pere.

Isac.

Et quel homme m'appelle?

Iacob.

C'est vostre fils aisné vostre Esaü fidelle:
J'ay fait ce que m'auez, n'agueres commandé:
Leuez-vous ie vous pri', c'est jà trop demandé,
Mangez la venaison de ma dextre apprestee,
Qui s'est diuinement, comme ie croy, hastee
De venir en mes mains, & me donnez apres
La benediction que j'attens tout expres.

Isac.

Ie suis bien estonné, qu'elle est si tost venue
Entre tes mains, mon fils : si prompte reuenue,
Me met tout en soupçon, en peine, & en esmoy:
Auance donc tes pas, & t'approche de moy,
Afin qu'appertement la verité j'esprouue.
En ce temps maint trompeur de toutes parts se trouue.

Iacob.

Me voila pres de vous.

Isac.

Si faux ne sont mes sens,
J'oy la voix de Iacob, mais d'Esaü ie sens
Et les mains, & le col: au Seigneur soit loüange,
Lequel t'a fait guider par son fauorable Ange:
Tu es donc Esaü, approche toy mon fils
Et me baille a manger.

Isac mange & apres dit.

De long temps ie ne fis

Repas qui m'aye esté si doux & delectable.

Iacob.

Il ne faut pas encor que vous sortiez de table
Que vous n'ayez premier gousté de ce bon vin.

Isac.

O le plaisant breuuage, ô le nectar diuin,
Approche toy, monfils, afin que tout à l'aise,
Deuant que de mourir, ie t'accolle & te baise.

L'accollant & sentant l'odeur de ses
vestemens dit

O basme precieux, ô souueraine odeur,
Comme celle du champ que l'immense grandeur
Du Monarque celeste a voulu fauorable
Benir, & rendre ensemble en tous biens admirable.

Iacob est à genoux & Isac le benit.

Que tousiours l'Eternel te fasse voir comblé
D'abondance de vin, d'abondance de blé,
Que te donne la terre, estant de la rousee
De l'air engendre-grain doucement arrousee:
Que tout peuple du monde, & toute nation
Vienne humblement subir ta domination,
Que tout tant de pays que le beau Phœbus dore,
Soit qu'il se leue ou couche, en ta race t'adore:
Que les fils de ta mere abbaissent les genoux
Deuant ta maiesté, & que tant eux que nous
Soyons dits en tout temps, moy pour estre ton pere
Eux tes freres aimez, remplis d'vn heur prospere:
Tout homme qui viendra bienueillant te benir,
L'Eternel le viendra auec les siens vnir:
Tout homme qui viendra maluueillant te maudire,

L'Eternel luy viendra son saint temple interdire,
La malediction toujiours talonnera
Tous ses faits, & ses dits, & ne luy donnera
Repos ny bien aucun tant qu'il sera sur terre:
Brief que le ciel sur toy tous ses thresors desserre.

Esaü.

Sous peu heureux presage auecques grands trauaux
I'ay couru par les bois, par les monts par les vaux,
Et ay pris peu de chose, Il faut que ie l'apporte
Promptement à mon pere. afin que ie remporte
Tour heur perpetuel sa benediction.

Parlant à son pere.

Mon cher pere i'ay mis à execution
Vostre commandement: vien-ie pas de bon heure?
Que le grãd Dieu par vous mē benisse & biéheure.

Isac.

Quel homme es-tu qui parle?

Esaü

Esau vostre aisné.

Isac.

Tu es vn abuseur qui t'es acheminé
Trop tard pour me tromper, & malin me sustraire
Ma benediction.

Esaü.

Helas ains au contraire,
Ie suis vostre Esau, & non point abuseur,
Tastez may ie vous pri'pour en estre plus seur.

Isac.

Mon ame est esperdue, & tout mon corps frissonne
De l'espouuentement: vn grand dol ie soupçonne,
Vne grande malice: hé Dieu qui t'auroit bien,
Mon Esau, mon fils, sustrait ton plus grand bien?

C iiij

Car deuers moy quelqu'vn est venu puis n'aguere
Auec la venaison, qui n'a seiourné guere
Craignant la descouuerte à la venir seruir,
Et il a pris ton nom pour finement rauir
Ce que ie te gardois: Il m'a fait bonne chere,
Et ie luy ay donné la chose la plus chere
Que ie pourrois donner ma benediction,
Qui maintenant est hors de ma possession.
Ie l'ay benit, benit il demourra sans doute.

Esaü.

Il y a ià long temps qu'en mon cœur ie me doute
De ce meschant dessein: depuis que Rebecca
Marastre en mon endroit, non mere, pratiqua
Pour vn peu de brouet le droit de mon aisnesse:
O malheureuse fraude, ô meschante finesse,
Qui me vient submerger au gouffre de malheur,
Eschangeant mon plaisir en tristesse & douleur!
Mon pere à tout le moins, donne moy part egale
Si tu ne peux meilleure, & qu'en bon heur i'esgale
Si ie ne puis passer Iacob malicieux.

Isac.

Iacob a ià soubstrait mes dons plus gracieux.

Esaü.

O le germe meschant, ô la meschante plante,
Voicy ià par deux fois que traistre il me supplante,
Il se nomme à bon droit Iacob supplantateur,
Qui me va supplantant d'aisnesse & de tout heur.
Auez vous point mon pere encor mis en reserue
Quelque bon heur pour moy?

Isac.

Non, ton espaule serue
Ployra dessous son ioug: car comblé de bon-heur
Vn iour il se verra de ses freres Seigneur?
Ie l'ay heureux garny d'vne grand'abondance

De vin & de froment, selon la providence
De celuy qui contient sous sa main l'vniuers,
Ie n'y puis plus que faire.

Esaü.

O le destein peruers!
O la grande disgrace, & rigueur de fortune,
Qui sans fin enuers moy s'est monstree importune,
O l'abusé penser, ô le credule espoir!
Ne me faites tomber du tout en desespoir:
N'auez-vous donc plus rien pour me donner mon
Isac. (pere

Il ne faut que ton ame encor se desespere,
De la graisse des champs & rosee des Cieux
Ainsi comme Iacob l'Eternel gracieux
Te viendra bien-heurer: ta dextre emancipee
Se fera redouter au bruit de son espee,
Fera trembler la terre, & les champs de Neptun,
Et secoüra le ioug de son frere importun: (pelle,
C'est l'arrest des hauts cieux duquel quiconque ap-
Est enuers le grand Dieu impieux & rebelle.

Isac s'en va, Esaü s'exclame.

Esprits qui demeurez au celeste pourpris,
Aydez moy ie vous prie estant d'horreur espris,
De courroux & de rage, apportez allegeance
A mon martyre extreme, & prenez la vengeance
De l'outrage inhumain, & du tort qu'on me fait,
Sans leur auoir en rien nuit de dit ou de fait:
Ou si vous paressez a venger mon iniure,
Ie vous inuoque esprits, Esprits ie vous coniure
Qui iadis mis dehors de l'Olympe estoillé
Auez esté chassez en l'abisme voillé
D'espouuentable horreur, d'obscurité profonde,

C y

Les cieux m'estans cruels dessus vous seuls ie fonde
Mon ayde & mon appuy, avancez, avancez
Et sur ce chef malin tous vos fleaux eslancez.
Deschainez vos fiers chiens, laschez vostre furie
Sur ceste ame traistresse à la fraude nourrie:
Qu'elle ne trouue point de tranquille seiour,
Poursuiuez là de prez tant la nuict que le iour,
Que le luisant Titan auec sa torche claire,
Iamais que tristement son meschant chef n'esclaire
Que l'air pour ses forfaits luy estant ennemy
Ne vienne roussoyer sur ses champs qu'à demy:
Que du commun deuoir la terre enuers luy n'vse
Ains qu'en tout têps ses fruits triste elle luy refuse,
Le clair fleuue ses eaux, Vulcan sa viue ardeur,
Que fortune le priue & de plaisir, & d'heur,
Que nauigant sur mer vne horrible tempeste
Submerge dans les flots son execrable teste,
Ou que s'en eschappant l'effroyable Neptun
Ne luy laisse aborder aucun haure opportun,
Ains qu'exilé il erre & demande sa vie,
Et que de luy aider personne n'aye enuie,
Qu'il soit tousiours suiuy de continus malheurs,
Et que ny de l'esprit, ny du corps les douleurs
Ne s'esloignent iamais, que du iour la lumiere
De mille ennuis suiuie aduance la premiere,
Et que la nuict apres escortee d'horreur,
Luy oste tout repos & le mette en fureur,
Aussi en desespoir, que suiect ne luy faille
De desirer la mort, qu'à la parque il ne chaille
Sourde à ses tristes vœufs, de luy donner secours,
Ni trencher de ses ans le miserable cours,
Mais qu'apres mille maux, & mille tourmens l'ame,
Delaisse en fin son corps a vne triste lame,
Plustost ne meritant d'estre mis au tombeau:

Qu'il soit enseuely au ventre d'vn corbeau.

Phaleg.

Que seruent ces regrets & plaintes miserables,
Vous n'en rédrez pourtãt les cieux plus fauorables
Vous n'en esmouuerez le marbre des rochers,
Ni les flots de la mer sourds aux vœufs des nochers:
C'est fait : que gaignez – vous ? par l'aspect de vos
    signes
Vous estiez reserué à ces fraudes insignes,
Il faut patienter : l'immuable destin
Ne se pourra flechir pour pleurer au matin,
Lors que le clair Phœbus illumine le monde,
Ni pour pleurer au vespre, alors que dedans l' onde
Du goufre Iberien, il plonge ses cheuaux:
Les regrets, & les pleurs n'allegent les trauaux
Dont le ciel nous fatigue, auec ordre & mesure
Auec certaine loy le destin nous mesure,
Ou l'heur ou le malheur, plustost, plustost la mer
En douce eau changera de son onde l'amer:
Plustost la terre encor quittera sa verdure,
Qu'aucun puisse euiter l'heur ou la peine dure,
Que le destin promet en ce terrestre enclos:
Et plustost les oyseaux seront de l'air forclos,
Des fleunes les poissons, que la volonté sainte
De l'eternel en rien soit rompue & enfrainte:
Tarissez maintenant la source de ces pleurs,
De ces pleurs qui ne font qu'engreger les douleurs,
Que d'vn poulce ennemy la Parque vous deuide.

Esaü.

Helas vous dites vray, ie iette par l'air vuide
Vainement ces propos: Car la terre & les cieux
Soustiennent contre moy cest homme ambitieux,
Qui bien peu, qui bien peu de mon mal se soucie

Qui m'ayant defrobé mon bien fe folacie,
Et s'efgaye en fon cœur, où ie fuis en tourment
De tristeffe & d'ennuy vexé horriblement.
Mon ame ny peut pas encore long-temps vivre:
Ayes-en donc pitié, ô Ciel & la deliure:
Vn plus long cours des ans ie ne defire pas,
Mais pour finir mes maux vn defiré trefpas,
Le trefpas quoy qu'il foit horrible efpouuentable,
Me fera neantmoins plus doux & delectable
Que le viure ennuyeux : eflance donc les traits
De ton ardant courroux fur mes membres outrez.
D'ennuis, & de douleurs, darde ton bruflant foudre
Sur ce chef malheureux pour le reduire en poudre :
Si le ciel m'efconduit, ie te prie ouure moy
Terre plus pitoyable à mon mal & efmoy   (fre
Ton fein engloutiffant, & tout d'vn coup m'engouf-
Dãs ton plus profond creux, & plus horrible goufre
Où trauerfant les monts, & les noires forets
Defefperé fans foin des limiers & des rets
Vne horrible tigreffe, vne fiere lionne
Me viennent engloutir en leur gorge felonne :
Si tout cela me faut il me faut tresbucher,
Pour tresbucher mes maux d'vn plus roide rocher,
Ou m'ouurir la poictrine auec la dure lame
Pour trouuer le repos deffous la froide lame.
C'eft le plus prompt remede, il y faut recourir,
Pour alleger fes maux, il n'eft que de mourir :
Mais helas! de la mort i'auray tout le malaife,
Et mon frere ennemy tout le bien, & tout l'aife,
Il fe faut referuer pour aider aux amis,
Il fe faut referuer pour nuire aux ennemis,
Sus nous viurons encor pour faire la vengeance,
Et la punition de fi mefchante engeance,
Iacob ie te feray d'vn tel tort reffentir,

Et venir quelque iour encor au repentir:
Cours contre la Scythie où le neigeux Boree
Blanchit le chef chenu du triste Hyperboree:
Cours outre la Libye, & les sables mouuans
Qui se laissent ioüets emporter à tous vens:
Cours par delà le Gange & le pays que dore
De son iaune saffran la roussoyante Aurôre:
Cours par delà le Tage, où le luisant soleil
Iassé d'vn long trauail va fermer son bel œil,
Tu n'euiteras pas la peine meritee,
Que tu dois redouter de ma dextre irritee:
Tandis que i'auray vie, encor apres ma mort,
Tu ne dois esperer que mon courroux soit mort, (bre
Soit sans force, & sans poids: car ma pallissante om-
Se souuenant de toy sortira du creux sombre
Des enfers stygieux, & les iours & les nuicts
Veillant ou sommeillant te fera mille ennuis.

Le Mᶜ. d'Hostel.

Madame ie vous viens en grand' haste aduert
D'vn malheureux dessein, qu'il vous faut diuert.

Rebecca.

Que seroit-ce ô bon Dieu: nous n'auons, ie te iure,
Iamais fait a personne aucun mal, ou iniure,
Ce seroit à grand tort que sus on nous courroit.

Le Mᶜ. d'Hostel.

I'ay ouy Esaü, disant, ou qu'il mourroit,
Ou que iamais au cœur il n'auroit allegeance.
Qu'il n'eust pris de Iacob cruellement vengeance,
Qu'il ne l'eust fait descendre au tenebreux seiour,
Et d'vn estoc sanglant mis hors de ce beau iour.

Rebecca.

Mis hors de ce beau iour: ô meschant parricide

Voudrois-tu bien helas de ton fer homicide, (mort?
Tout d'vn coup trois en mettre auſſi-toſt qu'vn a
Aurois-tu point en l'ame vne horreur & remord,
De faire aller ton pere, & ta mere à la foſſe,
Si ton cœur impiteux impiteuſement fauſſe
Tout le droit de nature, & que ta dure main
Tire l'ame du corps de ton frere germain?
Veux-tu eſtre vn Cain? que la terre t'engouffre
En l'abiſme d'enfer! ou que le feu de ſoulfre,
Tombant horriblement des hauts cieux derechef,
Deuore en vn moment ton execrable chef,
Pluſtoſt que ce deſſein en effet iamais ſorte.

Le M. d'Hoſtel.

Il ne vous faut encor debatre en telle ſorte,
Il le faut empeſcher & aller au deuant
De ce meſchant proiet le diſſipant au vent:
Mais pour ne vous trouuer de ces malheurs outree,
Laiſſez aller Iacob en quelqu'autre contree.

Rebecca.

Ie laiſſe aller Iacob tout le cœur de mon cœur!
Ie ne ſerois en vie, ains morte, ou en langueur,
En ennuy, en tourment : ie ne le pourrou faire.

Le M. d'Hoſtel.

Si faut il s'eſchaper d'vn perilleux affaire
Au mieux qu'il eſt poſſible,

Rebecca.

Helas Dieu aide moy!
Et me donne ſecours en ce mortel eſmoy,

Le M. d'Hoſtel.

C'eſt trop ſe lamenter, c'eſt trop perdre conſtance
Faites venir Iacob : ce fait eſt d'importance

Le tarder n'y vaut rien.

Iacob.

Me voila, quest-ce cy?
Vous me semblez, auoir le cœur triste & transi,
Seroit-il aduenu quelque mal à mon pere?
O Monarque du ciel dont la dextre tempere
Tout ce grand Vniuers, garde-le nous tousiours,
Et ne luy trenche encor la trame de ses iours,
Dites moy, qu'auez-vous?

Rebecca.

Iacob le cœur me creue
Voulant s'euaporer la douleur qui me greue,
Il te faut en aller en exil vagabond.

Iacob.

Hé Dieu aurois-ie fait à mon honneur faux bond,
Ie ne suis vn meurtrier, vn larron vn pariure:
C'est a tels malfaicteurs qu'vne peine si dure
Par les loix est donnee: à quelle occasion:
Si ie l'ay meritee à ma confusion
Il faut que ie la souffre.

Rebecca.

Il n'y a de ta faute:
Ains ton frere Esau, violent, de main haute,
D'vn courage animé, te menace à tuer:
C'est pourquoy il nous faut tous deux esuertuer,
De t'oster de ses mains.

Iacob.

Ma mere le presage
Que ie fis estoit vray: ie ne fus pas bien sage
Quand laschant ma raison courir au gré du vent
De vos affections, ie m'allay deceuant,
En deceuant mon frere.

Rebecca.

On n'y peut plus que faire.

Le mal est sans remede, il ne s'en faut deffaire
D'vn traistre desespoir, il faut à ton salut
Auiser promptement.

Iacob.

Que l'Eternel voulust
Que ie fusse desia en la poudreuse tombe!
Hé apres tant de bien! faut-il las que ie tombe
En si grand' infortune, & que pauure banny
Desnué de secours, de support demuny,
Laisse de mes amis, honteusement ie laisse
Mon venerable pere en extreme vieillesse?
Ma mere en desconfort! & que i'aille estranger
En estrange pays tristement me ranger?
Ie ne pourrois ma mere! ains que son fer me perce,
Qu'vne source de sang ondoye rouge-perse
De la playe mort elle, & le sang respandu
Au sepulchre ie sois froidement estendu,
Que ie vous abandonne! ha cela m'est fatal
Laisser ce iour, laissant nostre seiour natal!
Le seiour natal a ie ne sçay quelle force
Qui nous ranit à luy, & malgré nous nous force
De ne l'abandonner.

Rebecca.

Ie vous l'accorde bien :
Mais encor n'est ce pas souuent le plus grand-bien
Que si accasaner, on ne s'esleue au feste
Des honneurs, & grandeurs, on n'est iamais prophete
En son propre pays: ains en estrange lieu
On se fait repûter vn Roy, ou demy Dieu.

Iacob:

Le barbare sorti de Scythie felonne
Laisse ordinairement la riche Babilonne,
Pour si en retourner, & du froid la rigueur
Ne luy en oste point le desir ny le cœur,

Ni la douceur de l'air ne le force & attire
A y faire demeure, ains prompt il s'en retire,
Et aime beaucoup mieux voir son fouyer fumer,
Que loin de son pays flotter sur vne mer
De richesse & de biens: Ainsi l'oyseau s'efforce
Resserré en la cage, & retenu par force,
Quoy qu'auec plus de viure, aux forests s'enuoler,
Et iouyr librement des libres champs de l'air.

Rebecca.

Vn aigle genereux a tout l'air pour sa traicte,
Vn homme vertueux a tout lieu pour retraite,
A tout lieu pour pays, a tout lieu pour maison,
Où Dieu luy fait plouuoir de ses biens a foison:
Tu nous viendras reuoir encor quelque bon-heure,
Cependant l'Eternel te cherisse, & bien-heure,
Et te prenne tousiours en sa protection.

Iacob.

Il faut donc m'en aller: ô desolation!
O misere! ô malheur! pour le moins qu'à mon aise
Deuant que de partir ma mere, ie vous baise.

Ils se baisent, & Rebeeca dit

Adieu mon fils, adieu.

Iacob.

Adieu ma mere, adieu.

Rebecca.

Mon cœur est en angoisse, & tourment! ô bon Dieu
Ie n'auray nul repos, ni bien en mon courage,
Que tu n'ayes calmé ce foudroyant orage.

V. Chœur.

Il n'y a rien au monde plus vilain
Que la discorde & haine fraternelle,

Ceux là sont nez d'vn Gete, ou d'vn Alain
Ou d'vne gent encore plus cruelle:
  Ceux là sont plus durs que le fer
  Et plus froids que la froide lame,
  Qu'vn zele fraternel en l'ame
  Ne peut comme il faut eschaufer.

Mais ceux là sont d'vne diuine race,
Qui ne manquans de bonne affection
Iamais entr'eux ne tombent en disgrace,
Ni en debat, ny en dissention.
  Ils sont substantez d'ambrosie,
  De la douce manne du Ciel,
  Ils ont l'ame confite au miel,
  Et d'vne sainte ardeur saisie.

Ces hommes là ont succé inhumains
Venans au monde vne fiere lionne,
Ou vne louue, o ans leuer les mains
L'vn contre l'autre, & d'vne ame felonne,
  Sur la terre espandre le sang
  Auec vne espeé meurtriere,
  Dont Phœbus ride sa paupiere,
  Aux freres qu'ils vont haissant.

La soefue odeur de ta vermeille rose
Laquelle ayant ià rompu son bouton,
Monstre sa fleur espanie & desclose
Des le leuer du luisant Phaeton,
  Ne fleure mieux qu'en l'odeur sainte
  D'vne gracieuse amitié
  Dont l'ame des freres enceinte
  N'engendre aucune inimitié.

De l'Aconit la poison violente
N'est tant a craindre, & a tant euiter,
Comme est leur ire, au commencement lente
Mais qui les vient enfin precipiter
  A l'espouuentable carnage,
  Tant de maisons mises àbas
  Et tant de furieux combats
  En peuuent donner tesmoignage.

Il n'y a rien tant au monde a cherir
Que l'amitié & louable concorde
Des chers germains, qui garde de perir
Vne maison que la triste discorde
  Essayoit de bouleuerser,
  Elle la rend plus florissante,
  Plus riche, plus forte, & puissante,
  La faisant haut se redresser,

Le malheur regne, ou regne la discorde
Ou le debat, & la noise prend lieu,
Il faut soudain que la misericorde
En soit bannie & la crainte de Dieu:
  Tu n'es point, ô Dieu, Dieu de guerre,
  Mais Dieu de repos & de paix,
  Dont tes chers enfans tu repais,
  Tandis qu'ils viuent sur la terre.

Le bon heur regne, où regne la douceur,
Là Charité, & l'amour mutuelle
Entre le frere, entre la chere sœur,
Où demeurant ferme & perpetuelle,
  Ils peuuent iouyr bien-heureux:
  De tous les biens que le Ciel donne

Et prodiguement abandonne
A tous les freres amoureux.

C'est vn rempard que la sainte vnion
Des chers germains, que le cruel tonnerre
De Mars sanglant, de la triste Enyon
En aucun temps ne flamboye & atterre.
   Vne fois estant diuisez,
   Dieu en proye & butin les baille
   Au premier rencontre & bataille
   A leurs ennemis desprisez.

FIN

EXTRAICT DV
Priuilege du Roy.

PAr lettres patétes du Roy données à Rouen le quatriéme de Feurier, mil cinq cens nonante fept Signées par le Roy eftant en fon Confeil. Mauguin. Et feellées du grand feau en cire iaune fur fimple queuë. Il eft permis à Rapha-el du Petit Val, Libraire & Imprimeur ordinaire du Roy en la ville de Rouen, d'imprimer ou faire imprimer quelques difcours & Recueils, tant en Profe qu'é Poëfie, de plufieurs fçauans hommes de ce temps, non encores imprimez, ainfi qu'il eft plus amplement contenu audit Priuilege. Et faifons defences à tous autres Libraires & Imprimeurs de ce Royaume, d'imprimer lefdites œuures, n'y expofer en véte, tát en public qu'en particulier, côtre la teneur des prefen-tes, pendant le téps & terme de dix ans, fur peine de cinquante efcus d'amende, defpens dômages & interefts, côme plus à plain eft porté efdites patétes: Et ou-tre voulons & nous plaift qu'en mettát vn extraict dudit priuilege, au commen-cement ou à la fin defdites œuures, il foit tenu pour deuëment notifié à tous Libraires, Imprimeurs, & autres. Car tel eft noftre plaifir. Fait l'an & iour deffufdit.

www.ingramcontent.com/pod-product-compliance
Lightning Source LLC
Chambersburg PA
CBHW060757180626
46818CB00002B/594